Wolfgang Pauls

Kommissar Spaghetti und das Schwein im Lehrerzimmer

© privat

Wolfgang Pauls, geboren 1948, ist Diplom-Psychologe und seit 1985 freiberuflicher Schriftsteller. Neben zahlreichen Kinderbüchern schreibt er auch Hörspiele und Drehbücher fürs Kinderfernsehen. Weitere Titel von Wolfgang Pauls bei dtv junior: siehe Seite 4

© Peter Wattendorff

Hans-Jürgen Feldhaus, geboren 1966, studierte Grafik-Design und ist für verschiedene Verlage tätig, u.a. veröffentlichte er einen Kinderrechtscomic für das Kinderhilfswerk ›terre des hommes‹. Er arbeitet als freischaffender Grafiker in einem Team in Münster.

Wolfgang Pauls

Kommissar Spaghetti

und das Schwein im Lehrerzimmer

Mit Zeichnungen von Hans-Jürgen Feldhaus

Deutscher Taschenbuch Verlag

Von Wolfgang Pauls sind außerdem bei dtv junior lieferbar:
Ein Versteck für den Fischotter, dtv junior 70166
Kommissar Spaghetti und der Fernsehkiller, dtv junior 70477
Kommissar Spaghetti und die steinharten Pausenbrote, dtv junior 70478
Kommissar Spaghetti und die Muskelmonster, dtv junior 70479
Kommissar Spaghetti und der Computertrick, dtv junior 70513
Kommissar Spaghetti und der Känguru-Wahnsinn, dtv junior 70514
Kommissar Spaghetti und der Kaugummiteufel, dtv junior 70563 (November 1999)
Tina Tortellini und Charly Gummitwist, dtv junior 70529
Tina Tortellini und der Ferienschreck, dtv junior 70530
Tina Tortellini und das verhexte Schulfest, dtv junior 70531

In neuer Rechtschreibung
3. Auflage September 1999
1998 Deutscher Taschenbuch Verlag
GmbH & Co. KG, München

ISBN 3-85303-059-9
Umschlagbild und Umschlagtypografie:
Hans-Jürgen Feldhaus
Gesetzt aus der Baskerville 12/14'
Gesamtherstellung: Kösel, Kempten
Printed in Germany · ISBN 3-423-70476-4

Auch in diesem Band sind mit dabei:

Kommissar Spaghetti …
… heißt eigentlich Giacomo Pomeriggio. Ausgesprochen wird das *Dschackomo Pommeriedscho,* denn er ist Italiener. Und dazu einen Meter neunundneunzig groß und spindeldürr. Deshalb nennen ihn die Schüler auch Spaghetti. Eigentlich spricht er perfekt Deutsch. Aber es macht ihm Spaß, nicht perfekt Deutsch zu sprechen. Besonders mit Rektorin Nothnagel. Von Beruf ist er Hausmeister an der Erich-Kästner-Schule in Lummelsbach.

Benny von Australien …
… ist ein Känguru. Genauer: ein männliches Rotes Riesenkänguru. Ganze ein Meter sechzig hoch und 70 Kilo schwer. Kommissar Spaghettis Bruder hat es aus Australien mitgebracht. Jetzt lebt es mit seinem »Herrchen Giacomo« in der Hausmeisterwohnung.

Rektorin Isabella Nothnagel …
… bringt es auf hagere ein Meter fünfzig. Ihre Stimme gleicht dem Kreischen einer Kreissäge. Sie liebt bürokratische Vorschriften. Und streng ist sie …

Frau Kertenbach-Besserkrott, Spitzname **Ach-du-liebes-Kind …**
… ist immer schrecklich lieb zu den Kindern. Sie unterrichtet alles, aber am liebsten Musik.

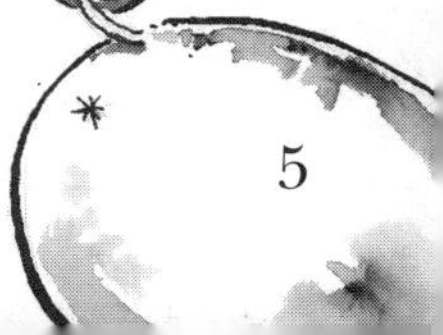

Heribert Sack …

… wäre lieber Astronaut als Lehrer geworden. Er wiegt vier Zentner und unterrichtet Mathe, Deutsch, Religion und Sport.

Kathrin, Benny (Spitzname **Gameboy-Benny**), **José, Mecki, Pelle, Anna-Maria, Manuela, Alex, Steven, Angela, Sebastian, Kevin, Eva und und und …**

… das sind die Schülerinnen und Schüler der Erich-Kästner-Schule, die bei fast allen Fällen, die Kommissar Spaghetti löst, eine Rolle spielen.

1

Pünktlich um halb acht wälzte Herr Sack seine vier Zentner Lebendgewicht die Treppe zum Lehrerzimmer hinauf.

Eins, zwei, drei, vier, fünf Stufen – stehen bleiben, ausschnaufen, Luft holen – eins, zwei, drei, vier, fünf Stufen – stehen bleiben, ausschnaufen, Luft holen – und das Ganze vier Mal.

Jeden Morgen war er der Erste im Schulhaus um ungestört von Kollegen und Schülern sein Konditionstraining zu absolvieren. Das war er seinem Beruf schuldig. Denn schließlich unterrichtete er, neben Mathe, Deutsch und Religion, auch Sport.

Das Schnaufen, Keuchen und Prusten, mit dem Herr Sack seine olympiareife Übung begleitete, hallte von den Wänden der menschenleeren Schule wider, als er die Tür zum Lehrerzimmer aufzog – und erstarrte.

Am Kopfende des Konferenztisches, auf dem Platz von Rektorin Isabella Nothnagel, saß ein Schwein.

Wirklich? Ein Schwein?

Nein! Heribert Sack, der begeisterte Leser von Weltraumabenteuern, wusste es besser. Zu gut hat-

te er Band 417 seiner Sciencefiction-Bibliothek im Gedächtnis: *Der Kampf der Swinoten,* der auf dem fernen Planeten Paarhufus galacticus im Sternbild des Ebers spielt. Und hier, auf dem Stuhl von Rektorin Nothnagel, saß nun eins der Wesen, die der berühmte Weltraumschriftsteller Lanislaw Stem so anschaulich beschrieben hatte: *ein Swinote.*

Wortwörtlich erinnert sich Herr Sack an Stems Schilderung:

In Aussehen und Sprache ähnelt der Bewohner des Planeten Paarhufus galacticus *verblüffend dem irdischen Hausschwein* (*lateinischer Name:* Sus scrofa domesticus). *Im Kontakt mit Wesen von anderen Planeten versteht es der Swinote, seine außerordentliche Intelligenz hinter säuischem Benehmen zu verbergen – ein Sicherheitsverhalten, das kaum wirkungsvoller sein könnte.*

Während Sternenexperte Heribert Sack noch überlegte, wie der Außerirdische in die Schule gekommen sein mochte, ließ ihn ein kreissägenähnlicher Aufschrei zusammenzucken.

»Pfui Teufel! Was ist denn hier los?«

Wie ein angestochener Seelöwe fuhr Herr Sack herum um seiner erbosten Chefin zuzuflüstern: »Frau Nothnagel, das … das ist ein …«

»Dämliches Schwein!«, unterbrach ihn die Rektorin. »Was soll das? Fasching ist erst in vier Monaten, oder?«

Unter normalen Umständen hätte Herr Sack klein beigegeben. Aber dies war kein normaler Umstand. Hier stand nicht nur seine Ehre als Sciencefiction-Fachmann auf dem Spiel. Hier ging es womöglich um die Zukunft des Planeten Erde: Zum ersten Mal würde der Mensch, der *Homo sapiens*, nachweislich Kontakt mit einem Außerirdischen aufnehmen!

»Sie wissen, wo das Schwein herkommt?«, zischte die Schulleiterin.

»Nein … äh …, ja … ich meine, er … äh … es kommt …«

»Was Sie meinen, interessiert mich nicht. Haben Sie es hierher geschleppt? Ja oder nein?!«

»Nein, äh … aber …«

»Kein Aber! Raus mit dem Schwein! Sperren Sie's ins Klo! Ins Herrenklo! Ich ruf derweil die Polizei an. Sauerei so was!«

Wild entschlossen das Problem aus der Welt zu schaffen, drehte sich die Rektorin um und prallte mit Frau Kertenbach-Besserkrott zusammen, ihres Zeichens Deutsch-, Mathe-, Musik- und Werklehrerin an der Erich-Kästner-Schule.

»Huch!«, war das Einzige, was Frau Kertenbach-Besserkrott dazu einfiel. Dann entdeckte sie das Schwein und fügte dem Huch ein »Neiiiin!!!« hinzu.

»Doch!«, murmelte Herr Sack. »Doch! Ein Swinote!«

»Und Sie helfen Herrn Sack!«, fuhr Frau Nothnagel die verdatterte Lehrerin an, bevor sie mit der Schnelligkeit einer südamerikanischen Panzerechse in ihrem Büro verschwand.

Während Herr Sack noch überlegte, wie er sich dem vermeintlichen Außerirdischen angemessen nähern könnte, ging Frau Kertenbach-Besserkrott bereits mit ausgestreckter Hand auf das Tier zu. Dabei schnalzte sie mit der Zunge und gurrte: »Koooomm, Schweinchen! Komm her zur Tante!«

Der Swinote ist noch nicht untersucht worden, schoss es Herrn Sack durch den Kopf. Auf Bakterien. Auf Viren. Ein Krankheitserreger, der auf einem anderen Planeten schon als besiegt gilt, kann hier, auf der Erde, verheerende Auswirkungen haben. Ganze Völker, ganze Kontinente kann so ein Virus hinwegraffen.

»*Porco Dio,* so ein Mist!«, unterbrach ein Bass mit italienischem Akzent Herrn Sacks Katastrophen-Fantasien. »Was für ein *magnifico arrosto di maiale,* eine wuuunderbare Schweinebraten!«

Ruckartig reckte Herr Sack den nicht vorhandenen Hals um den ein Meter neunundneunzig langen Mann, der unbemerkt neben ihn getreten war, mit wütender Entschlossenheit anzufunkeln. *Spaghetti* nannten die Schüler den Italiener, der

vor drei Wochen den pensionierten Herrn Brömmelmeier als Hausmeister abgelöst hatte. Denn er war nicht nur ungewöhnlich lang, sondern auch spindeldürr. Außerdem konnte sich kaum jemand seinen Namen merken. *Giacomo Pomeriggio*, unmöglich!

»Mein Herr!«, fuhr Heribert Sack den Riesen an. »Das ist kein Braten! Ich sage Ihnen: Niemand krümmt dem Swino … äh … dem Schwein eine Borste! Er … äh … ich meine, *es* steht unter meinem persönlichen Schutz!«

Der Hausmeister beugte sich zu dem aufgebrachten Lehrer hinab und nahm dabei die Gestalt eines Fragezeichens an. »Du isst nix gern Schweinebraten?«

Herr Sack warf sich in die Brust wie ein Sumo-Kämpfer vorm Angriff und blaffte: »Für Sie bin ich immer noch Herr Sack, mein Herr!«

Giacomo Pomeriggio zuckte die Achseln. Und während er *»cavallo marino stupido«* brummelte, was so viel wie hirnloses Walross bedeutet, schoss Frau Nothnagel keifend um die Ecke.

»Na los, beeilen Sie sich! Die Polizei kann jeden Moment hier sein. Und in zehn Minuten kommen die ersten Kinder. Herr Pomeriggio! Herr Sack! Frau Kertenbach-Besserkrott! Nun packen Sie doch endlich an! Ab mit dem Schwein! In den Keller!«

2

Das Schwein war immer noch im Lehrerzimmer, als Kathrin acht Minuten vor Ankunft des ersten Schulbusses ihrer Mutter nachwinkte, die mit dem Wagen zur Arbeitsstelle weiterfuhr. So war sie zwar ein bisschen früh in der Schule, musste dafür aber nicht zwei Kilometer zur Bushaltestelle laufen. Und ihre Mutter fuhr sowieso an der Schule vorbei.

Kaum war Kathrin auf dem Schulhof, hielt ein zweites Auto.

José verabschiedete sich von seinem Vater und ging auffallend schnell hinter seiner Klassenkameradin her.

Vor drei Tagen war er noch mit dem Schulbus gekommen. Aber seit Kathrin ihn in der Englischstunde so angesehen hatte, dass er die halbe Nacht nicht hatte schlafen können, fuhr er mit seinem Vater – der hatte sowieso denselben Weg. Mitten auf dem Schulhof schaute Kathrin sich um und beschleunigte ihren Schritt. Doch gleichzeitig überlegte sie, wie sie es anstellen könnte, stehen zu bleiben, ohne dass José sich etwas darauf einbildete …

Als sie das Schulgebäude betrat, kam ihr ein

Zufall zur Hilfe: Auf dem Plakat in der Pausenhalle, das die nächste Aufführung der Theater AG ankündigte, klebte ein Zettel:

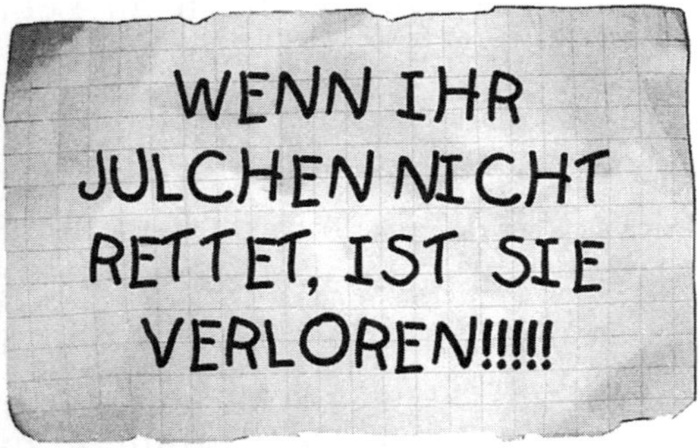

Normalerweise hätte sie das Blatt nicht bemerkt. Aber erstens hatte sie das Plakat zusammen mit Anna-Maria gemalt und zweitens suchte sie ja nach einem Vorwand, um nicht bis ins Klassenzimmer vor José herdackeln zu müssen. Mit gespielter Wut riss sie den Zettel ab und knüllte ihn zusammen.

Schon stand José neben ihr.

»Was is'n das?«

»Ach, wie neugierig«, war die schnippische Antwort.

»Zeig mal her!«

Zack – verschwand die Hand mit dem zusammengeknüllten Blatt hinter Kathrins Rücken.

»Ich hol's mir!«, drohte José.

»Versuch's doch!«, neckte Kathrin – und rannte los. Bis in die äußerste Ecke der Pausenhalle. Dort prallte sie fast gegen die Wand. Und José prallte gegen Kathrin. Aber nicht nur fast!

»He, spinnst du!«, schimpfte Kathrin, aber sie lachte dabei.

»Zeigst du's mir jetzt?«, fragte José und packte ihre Hand.

Sie ließ das Papier fallen.

José bückte sich. Und als er zu Kathrin aufschaute, wurde er knallrot und streckte ihr die Zunge heraus. Wie ein Drittklässler.

Kathrin lachte noch mehr – aber das war kein Auslachen …

José schoss in die Höhe und faltete das Blatt Papier auseinander.

»*Wenn ihr Julchen nicht rettet, ist sie verloren!* – Was soll das denn?«

»Keine Ahnung.«

»Hm. Kennst du 'ne Julchen?«

»Nur die Blöde aus der 6b. Du weißt doch: Die immer so angibt mit ihrem Pferd.«

»Ihrem Pony. Außerdem heißt sie Julia.«

»Na und? Ist doch dasselbe.«

»Und die soll gerettet werden?«

»Na ja, versteh ich auch nicht. So eingebildet wie die ist, ist die nicht mehr zu retten.«

»He, ihr da!«, schallte plötzlich eine Männerstimme durch die Halle.

Erschrocken drehten Kathrin und José die Köpfe. Vor der Tür zum Hof standen zwei Polizisten.

»Wo ist denn das Zimmer der Rektorin?«

Kathrin fing sich als Erste. »Ganz oben. Zweiter Stock. Gegenüber vom Lehrerzimmer!«, rief sie zurück.

»Danke!«

Der Polizist nickte ihr zu und marschierte mit seinem Kollegen in Richtung Treppenhaus.

Als die beiden treppauf verschwunden waren, schauten Kathrin und José sich wie auf Kommando an.

Wahnsinn – schien ihr Blick zu sagen – erst der Zettel und jetzt die Polizei!

Und wie auf Kommando stürzten sie los, quer durch die Pausenhalle, zum Treppenhaus.

Auf der obersten Treppenstufe stehend, wandte Frau Nothnagel den Beamten den Rücken zu, während sie lautstark Hausmeister Pomeriggio dirigierte, der das Schwein an den Ohren durch den Flur zu schleifen versuchte.

Swinotenfreund Sack redete leise, aber eindringlich auf den Italiener ein: »Lassen Sie ihn … äh … es … äh … Lassen Sie es sofort los! Sie tun ihm doch weh!«

»Weiter! Weiter! Nun machen Sie schon!«, befahl die Schulleiterin. »Gleich kommen die Schüler!«

»Die sind schon da!«, rief ihr der Polizist zu, der Kathrin und José nach dem Rektorenzimmer gefragt hatte.

Frau Nothnagel erschrak so sehr über die Stimme aus dem Hintergrund, dass sie um ein Haar das Gleichgewicht verlor.

Wütend fauchte sie die Beamten an: »Was kommen Sie auch so spät! Die Kinder dürfen nichts von der Sache mitbekommen. Sie wissen doch, wie Kinder sind, wenn es um Tiere geht. Jetzt müssen wir bis zur Pause warten.«

»Unmöglich, wir haben auch noch was anderes zu tun als entlaufene Schweine festzunehmen«, antwortete der Wortführer der beiden. »Rufen Sie nachher noch mal auf dem Revier an. Wenn ein Streifenwagen in der Nähe ist, können die Kollegen das Tier abholen.«

Und an seinen Kumpel gewandt, murmelte er: »Nix wie weg hier! Das Schwein versaut uns nur den Wagen – schlimmer als der Besoffene gestern Nacht.«

»Das ist doch …! Sie können doch nicht …! Ich werde mich beschweren!«, schrie die erboste Schulleiterin den beiden hinterher, während Frau Kertenbach-Besserkrott dem quiekenden

Paarhufer tröstend die Hinterbacke tätschelte und Herr Sack ein stummes Dankgebet zum Gott aller Sternbilder gen Himmel schickte: Noch war der Swinote nicht verloren!

3

Kathrin und José drückten sich in die Türnische vor dem Physiksaal, als die Polizisten treppab an ihnen vorbeisausten. Viel verstanden sie nicht von dem Gespräch der beiden. Aber was sie verstanden, reichte ihnen um eine Verbindung zu dem geheimnisvollen Zettel herzustellen, der auf dem Theaterplakat geklebt hatte.

»Sollen sich doch Jochen und Klaus mit dem Mastschwein rumärgern.«

»Und wenn die Alte sich beim Chef beschwert? Vielleicht hättest du doch …«

Das Ende des Satzes verhallte unverständlich im Treppenhaus.

Kathrin und José blieben noch einen Moment länger als nötig Schulter an Schulter vor dem Physiksaal stehen.

»Mastschwein – damit meinen die bestimmt Herrn Sack«, flüsterte Kathrin.

»Aber wieso?«

»Na ja, *mit dem Mastschwein rumärgern* … Vielleicht wollten sie ihn verhören und er war wieder mal in Gedanken auf 'nem Raumschiff und hat sie blöd angeglotzt. So wie gestern in Reli, als

Manu ihn gefragt hat, warum Noah auch Läuse mit an Bord genommen hat.«

»Verhören?«

»Ja, logo, wegen dieser Julia.«

»Meinst du, er hat was damit zu tun?«

»Dem trau ich alles zu.«

»Und Frau Nothnagel? Warum will die sich beschweren?«

»Vielleicht haben sie die auch in Verdacht.«

»Hm …«

»Komm, wir lauschen mal!«

Aus dem Lauschen wurde nichts.

Alex entdeckte José und Kathrin als Erster. Feixend boxte er Pelle in die Seite. »Guck mal, wo kommen die denn her?«

Pelle grinste. »Aus dem Knutschsaal.«

»Idiot!«, blaffte José seinen Klassenkameraden an. Und wenn Kathrin nicht »Lass ihn doch« geflüstert hätte, dann hätte er ihm glatt eine verpasst.

Im Flur vor dem Lehrerzimmer herrschte inzwischen Panikstimmung. Giacomo Pomeriggios Zieh-Methode hatte nichts gebracht. Keinen Meter hatte sich die Sau auf die Treppe zu bewegt. Lieber ließ sie sich die Ohren ausreißen, als eine – aus Schweinesicht lebensgefährliche – Treppenhaus-Kletterpartie zu wagen.

»Aber das Vieh ist die Treppe doch auch raufgekommen!«, schimpfte Frau Nothnagel.

»Koooomm Schweinchen, koooomm!«, lockte Frau Kertenbach-Besserkrott, während der Hausmeister seine Taktik änderte und es mit Schieben versuchte.

Vergeblich. Mit allen vieren stemmte sich das Tier dagegen.

»*Maledizione!* Verdammt!«, fluchte der lange Italiener. »Das ist keine Schwein, das ist eine Sauesel, eine störrische! *Presto, presto!* Beweg dir, altes Sau! Oder ich schlacht dir auf die Stelle!«

»Unterstehn Sie sich!«, polterte Herr Sack los.

Doch sein Protest ging im Angst- und Protestgeschrei seines Schützlings unter. Als hätte das Schwein die Drohung verstanden, quiekte es los. Laut und herzerweichend.

Frau Nothnagel sprang im Dreieck. »Die Kin der! Das hören die Kinder!«

Und dann fing sie an zu singen: »*O du fröhliche, o du selige, gnadenbringende Weihnachtszeit.* – Na, was ist? Mitsingen! Das Schwein übertönen! Die Schüler denken dann, wir üben für die Weihnachtsfeier.«

Mitte Oktober?, wunderte sich Herr Sack, während er gehorsam in den Gesang einstimmte. Kurz vor Ende der zweiten Strophe brach das Schwein zusammen.

Frau Kertenbach-Besserkrott wusste sofort eine Erklärung: »Mein Schwager hat eine Kälberzucht. Da werden die Tiere mit klassischer Musik berieselt. Das soll das Wachstum fördern. Vielleicht machen sie das bei Schweinen auch so. Unser Gesang hat es geschockt.«

»Unsinn!«, keifte Frau Nothnagel.

Der Hausmeister gab ihr murmelnd Recht: »Nix Schock. Sieht eher aus wie Betrunkenheit von italienische Chiantiwein. Dazu Stress … Hmmm, zu gehen ist die Schwein zu dumm und zu tragen zu schwer. Bleibt nur ein Fahrstuhl.«

»Ein Fahrstuhl. Genau.« Zum ersten Mal pflichtete Herr Sack dem Hausmeister bei. Ein Fahrstuhl wäre das angemessene Beförderungsmittel für einen Außerirdischen.

Doch die Schulleiterin sah das anders. »Fahrstuhl! Wollen Sie mich auf den Arm nehmen?«, giftete sie den Italiener an.

»*No, no* – nein, nein! Sie nicht und die Schwein nicht. Wir legen sie auf eine Schlitten. *Das* ist die Fahrstuhl.«

»Auf einen Schlitten? Mich?«

»*No, no, no*! Die Schwein! Kufen rutschen über Stufen. Wir lassen die Schwein treppab. Wie Rodeln. Nur halten wir fest.«

Es dauerte ein paar Sekunden, dann hatte die Rektorin begriffen und schüttelte den Kopf.

»Hören Sie den Lärm da unten? Im ersten Stock wimmelt es inzwischen von Kindern! Wie sollen wir da die Sau ungesehen in den Keller schaffen?«

Giacomo Pomeriggio grinste von einem Ohr zum anderen. »Nichts leichter als das, Signora Nothenagel!«

Dann beugte er sich beängstigend weit über das Geländer, legte die Hände als Schalltrichter an den Mund und brüllte: »Alaaarm! Feuer, *fuoco*, Feuer! *Presto, presto* – schnell, schnell! Alles auf den Schulhof!!«

Im Nu war das Treppenhaus wie leer gefegt.

Frau Nothnagel rang sich ein Zucken um die Mundwinkel ab. Wer sie kannte, wusste, was das bedeutete: Bravo, Herr Pomeriggio!

Laut sagte sie: »Auf dem Dachboden stehen ein paar alte Skier. Und wenn ich mich nicht irre, auch ein Schlitten.«

Vier Stufen auf einmal nehmend, stürmte der lange Italiener treppauf und drei Minuten später war er mit einem uralten Dreimannschlitten zurück.

»*Presto, presto*, hinauf mit die Schwein! Jeder nehmen eine Bein!«

»A … aber …«, stammelte Herr Sack.

Doch Frau Nothnagel ließ ihn nicht zu Wort kommen. »Reden Sie nicht! Oder wollen Sie die Sau in den Keller tragen?«

»Hauruck!«, rief der Hausmeister und mit einer gemeinsamen Kraftanstrengung gelang es den vieren, das regungslos daliegende Tier rücklings auf den Schlitten zu hieven.

»*Avanti*, auf geht's! Eine Frau und eine Mann fassen die Schlitten rechts und eine Frau und eine Mann fassen die Schlitten links. Und dann *lento, lento* – langsam, langsam treppab!«

»Aber so steil, wie die Treppe ist, der Swi … das Schwein rutscht uns doch weg!«

Herr Sack brachte seinen Einwand mit einem

derart verzweifelten Unterton hervor, dass sich die anderen drei ratlos anschauten.

Wieder rettete der findige Italiener die Situation. Er wies auf Herrn Sacks Hosenträger und befahl: »Ausziehen!«

Der Swinotenschützer wich unwillkürlich einen Meter zurück.

»Meine Hosenträger? Sie … Sie spinnen wohl!«

»Der Schwein braucht die Hosenhalter. Als *cintura di sicurezza* – hä, wie sagt ihr in Deutsch?«

»Sicherheitsgurt«, hauchte Frau Kertenbach-Besserkrott.

»*Si, si* – ja, ja: Sicherheitsgurt. *Avanti*, Herr Sack, her mit die Halter!«

Während Hausmeister Pomeriggio das Schwein auf dem Schlitten festzurrte und Herr Sack sich mit beiden Händen die hoffnungslos rutschende Hose hielt, war auf dem Schulhof der Teufel los.

Alles rannte und brüllte durcheinander: »Es brennt! Im Lehrerzimmer brennt es!«

»Herr Sack springt aus dem Fenster!«

»Die Feuerwehr kommt!«

»Platz da! Die Feuerwehr!«

Platz? Aber wie denn? Wohin denn? Auf die Straße? Nein, von dort kommt die Feuerwehr! Also in die andere Richtung! Aber …

Kein Aber!!! Wie eine Herde kopfloser Läm-

mer drängte die Schülermasse zurück ins Schulgebäude.

»Die Feuerwehr kommt! Macht Platz für die Feuerwehr!«

»Schnell in den Musiksaal!«, keuchte Frau Nothnagel, als sie es in der Pausenhalle lärmen hörte. »Bis zum Keller schaffen wir's nicht mehr.«

Es war ein Bild für die Götter: Rechts hatten Frau Kertenbach-Besserkrott und Herr Sack den Schlitten gepackt – Herr Sack nur mit einer Hand, mit der anderen umklammerte er seinen Hosenbund. Und links hielten die anderthalb Meter kurze Frau Nothnagel und der knapp zwei Meter lange Giacomo Pomeriggio das Schwein von einer halsbrecherischen Talfahrt zurück.

Fünf Stufen noch und zehn Schritte über den Flur. Schwerstarbeit war das. Herr Sack war dem Zusammenbruch nahe. Trotz allmorgendlichem Konditionstraining.

Und den anderen ging es nicht viel besser.

Zum Glück war die Tür zum Musiksaal unverschlossen. Schnell rein mit dem Schlittenschwein, Tür zu, Schlüssel ins Schloss, zugesperrt.

Uff – das war gerade noch mal gut gegangen, denn schon tauchten die ersten Schüler vor dem Musiksaal auf.

Der Hausmeister wischte sich den Schweiß von

der Stirn, holte so tief Luft, als wollte er ein Höllenfeuer ausblasen, und ließ seinen Bass durchs Schulhaus donnern: »Rrrrruhe! Das war eine Probung!«

»Übung!«, flüsterte ihm Frau Kertenbach-Besserkrott zu.

»Eine Üüübung!«, verbesserte sich der Hausmeister. »Eine Feuerübung ohne Übungsfeuer. Und ohne Feuerwehr. *Capito*? Nix *fuoco*. Keine Feuer, keine Feuerwehr, keine gar nix. Nuuur Probung! Rrrruhe also! In die Klassen, marrrsch! *Avanti, avanti!*«

Während sich unter den Schülern sichtlich Erleichterung breit machte, flüsterte Frau Kertenbach-Besserkrott der Rektorin ins Ohr: »Ich hab jetzt Musik.«

»Und das fällt Ihnen erst jetzt ein?«, fauchte Frau Nothnagel.

»Ja, tut mir Leid ... Aber ... aber was machen wir denn nun?«

»Wir? Wieso wir? Sie sagen den Kindern, im Musiksaal wär ein Wasserrohr geplatzt, fertig!«

Frau Kertenbach-Besserkrott fand das reichlich abwegig. Als aber unmittelbar darauf die ersten Schüler in den Musiksaal wollten, war ihr noch nichts Besseres eingefallen und so wiederholte sie Frau Nothnagels Ausrede.

»Ein Wasserrohr geplatzt?«, flüsterte José

Kathrin zu, als er »zufällig« neben ihr in die Klasse ging. »Wo ist denn da ein Wasserrohr?«

»Vielleicht im Saal oben drüber.«

»Na, ich weiß nicht. Und diese Feuerübung … In der zweiten Klasse, da hatten wir auch mal eine. Aber da waren die Lehrer dabei und haben uns gesagt, was wir machen sollten. Nee, ehrlich, reichlich seltsam das Ganze.«

4

Giacomo Pomeriggio vernachlässigte an diesem Vormittag seine Hausmeisterpflichten. Anstatt das Schloss im Jungenklo zu reparieren und die Fahrradständer mit Rostschutzfarbe zu streichen, räumte er seine Wohnung um.

Zuerst das Badezimmer. Was auf dem Regal neben dem Waschbecken stand, schüttete er in einen Plastiksack. Den Sack stopfte er in den Schuhschrank. Dann war das Schlafzimmer an der Reihe. Ganze Kleiderberge wanderten vom Wäscheschrank in die Koffer, die auf dem Schrank gestapelt waren. Neben dem Bett baute er ein Gästebett auf. Und als er die Betten bezogen hatte, rief er: »Benny! Benny, wo steckst du? Frisst du wieder die verwelkten Blumen vom Balkon? Benny!! *Maledetto manzo australiano*, verfluchter australischer Ochse, kommst du wohl her?!«

Tatsächlich hüpfte daraufhin der »australische Ochse« ins Zimmer – ein »Ochse«, der kein Rindvieh war, sondern ein Beuteltier: Ein 160 Zentimeter großes *Rotes Riesenkänguru*, das auf den Namen Benny hörte. Giacomo Pomeriggios Haustier.

Sein Bruder, der in Australien lebte, hatte es ihm bei seinem letzten Besuch mitgebracht.

Kameradschaftlich klopfte Giacomo seinem tierischen Hausgenossen auf die Schulter. »Wir bekommen Besuch, *amico mio*, mein Freund. Da muss ich für ein paar Tage mein Schlafzimmer räumen. Und du dein Zimmer. Denn dort werde ich solange nächtigen. Und du schläfst auf dem Flur. Capito? – Nun guck nicht so beleidigt. Ist ja nicht für immer.«

Dideldü dideldü nervte das Telefon. Doch in den Ohren des Hausmeisters klang es wie Musik. So konnte er Benny einfach stehen lassen. Denn nichts ist schlimmer zu ertragen als ein beleidigtes Känguru …

»*Pronto*. Ja? Hallo?«

»Hier Nothnagel. Jetzt dürfte kein Schüler mehr im Haus sein. Sie können also das Schwein in den Keller bringen. Ich habe noch einmal auf der Polizeiwache angerufen. Im Laufe des Nachmittags holen sie es ab.«

»In den Keller! *Capra vecchia*, alte Ziege, da gehörst du hin!«, schimpfte Giacomo Pomeriggio – aber erst, als er aufgelegt hatte.

Und zu Benny sagte er: »Wir haben heute was anderes vor, *amico mio*. Alfredo kommt nicht allein. Er bringt jemanden mit. Ein kleines Mädchen, das eigentlich gar nicht mit ihm fliegen

wollte. Das kann schwierig werden … Nun ja, wir geben unser Bestes: Speis und Trank vom Feinsten. *Vino italiano,* italienischen Wein für Alfredo, Saft für die Entführte und für beide einen magnifico *arrosto di maiale,* einen wunderbaren Schweinebraten. – Und jetzt, mein Freund, ist das Schwein dran! Ich geh mal rüber zu dem alten Herrn Rüdel. Weißt du? Dem Seniorchef von Rüdels Elektroshop gegenüber von der Schule. Seitdem ich beim Abladen der Fernseher geholfen habe, hab ich einen Stein bei ihm im Brett. Glotz nicht so! *Stein im Brett,* das sagen die Deutschen: Warum? Das wissen sie selber nicht. Also, vom alten Herrn Rüdel leihe ich mir die Sackkarre aus, mit der wir die Fernseher transportiert haben. Denn was für Fernseher gut ist, *amico mio,* ist für ein Schwein gerade recht!«

Normalerweise verschmähte der lange Hausmeister Zebrastreifen. Und wenn er sie benutzte, dann bei Rot. Diesmal machte er eine Ausnahme.

Als er gerade im Begriff war, die Sackkarre drei Meter neben dem Zebrastreifen über die Straße zu schieben, steuerte Frau Nothnagel ihren Golf vom Schulhof. Schnell machte Giacomo kehrt und drückte den Knopf am Ampelmast. Gelb – Rot für die Autos, Grün für Fußgänger und Sackkarre.

Frau Nothnagel trat auf die Bremse.

»Ordnung muss sein, Signora!«, rief der Hausmeister ihr zu, während er karreschiebend an ihr vorbeistolzierte.

Vor dem Musiksaal sah er sich nach allen Seiten um, bevor er die Tür aufschloss. Sicher ist sicher, denn manchmal ließ eine Schülerin ihren Ranzen liegen und kam ihn nach Schulschluss holen. Aber er konnte niemand entdecken.

Also los: dem Schweinetransport stand nichts mehr im Wege.

Die Sau auf die Sackkarre zu hieven, war kein Problem. Sie hatte es irgendwie geschafft, sich mitsamt dem Schlitten auf die Seite plumpsen zu lassen und lag nun schlafend vor dem Klavier. Der Hausmeister schob ihr die Ladeplatte so weit wie möglich unter die Schwarte, löste den Hosenträger vom Schlitten, verknotete einen Trägergurt am Holm der Karre, nahm den anderen und – die Sau erwachte aus ihrem Erschöpfungsschlaf. Mit einem erschreckten, lang gezogenen Oiiiiik!

Schnell legte ihr der Hausmeister den Arm um den Hals – und verknotete mit der anderen Hand auch den zweiten Gurt an der Karre.

Das Schwein wehrte sich und drückte mit Brust und Hals gegen den Arm, mit dem Giacomo es umschlang. Er spürte etwas. Das war doch ein Halsband, oder?

Tatsächlich: In eine Speckfalte geklemmt und halb unter den Borsten verborgen, hatte es bisher niemand entdeckt.

Giacomo tätschelte dem strampelnden Schnitzelanwärter die Wange und nahm ihm das Halsband ab. Ein rosa Hundehalsband mit rosa Herztäschchen.

Neugierig fingerte er den Reißverschluss auf und fischte einen auf Markstückgröße zusammengefalteten Zettel aus dem Lederherzen.

»*Porco Dio*, so ein Mist – das ist doch … Eine Nachricht! – *Havaalani Frankfurt. 22.09.* Hmm.

Seltsam. Versteh ich nicht. Steht noch was auf der anderen Seite? Ach du Schreck ... – Also, wenn das so ist, dann wird dich der alte Giacomo wohl besser entführen, *porcino mio*, mein Schweinchen. *Avanti, avanti magnifico arrosto di maiale*, unsere Gäste werden sich freuen!«

Hopp, hopp, hopp – holperte die Karre Stufe für Stufe abwärts. Aber nicht bis in den Keller. Durch die Pausenhalle und über den Schulhof ging die Fahrt, und dann wieder aufwärts – hauruck, hauruck, hauruck – bis zur Hausmeisterwohnung.

Schwitzend vor Anstrengung schob der Italiener die Sau in den Flur.

»Komm her, Benny! Besuch für dich. Sei nett zu ihm, lange wird er uns nicht beehren.«

Während sich Beuteltier und Borstenvieh halb neugierig, halb ängstlich beschnupperten, saß Giacomo, eine Hand auf dem Telefon, in der anderen die Nachricht aus dem Herztäschchen, im Schaukelstuhl und überlegte: Hmmm … Was ich tun soll, ist klar. Aber wie? Und wo? Und wann? … *Havaalani Frankfurt. 22.09.* – Ein Italiener hat das nicht geschrieben. Und auch kein Deutscher. Die Buchstaben wirken irgendwie fremd. Wie aus einer anderen Welt. Egal. Frankfurt ist Frankfurt. Frankfurt am Main oder Frankfurt an der Oder? Wahrscheinlich Frankfurt am Main. Das liegt näher an Lummelsbach. Knapp 40 Kilometer sind es mit dem Zug bis zum Frankfurter Hauptbahnhof. – Hauptbahnhof …? Ob *Havaalani* Hauptbahnhof heißt? Haupt-bahn-hof – Haa-vaa-la-ni, klingt irgendwie ähnlich. Und *22.09*? Das könnte 22 Uhr neun bedeuten. Natürlich! Frankfurt Hauptbahnhof 22 Uhr neun.

In Gedanken sah Giacomo Pomeriggio den Frankfurter Bahnhof vor sich: die große Halle, das Menschengewimmel, die ICEs. Hier und da wird im Gewühl oder in einer dunklen Ecke heimlich mit Drogen gehandelt. Mit harten Drogen. Mit Kokain und Heroin. Aber nicht mit Schweinen! – Nein, nein und nochmals nein! Irgendwie passt das Schwein nicht auf den Bahnhof. Schweine werden auf Lastwagen geladen. Auf Viehtransporter. Und die bringen sie zum Schlachthof …

Der lange Hausmeister schaute auf die Uhr und schoss in die Höhe. »In zehn Minuten muss ich los, Benny. Hörst du? In zehn Minuten!! Unsere Gäste abholen. Vom Flughafen. Ich fahre mit dem Zug. Über Frankfurt. Und auf dem Hauptbahnhof werde ich mich ein bisschen umschauen. Wegen des Schweins. Ich versprech mir zwar nicht viel davon, aber … wir werden es schon an den Mann bringen! Bis dahin schließe ich es ins Bad ein. Falls es eine Sauerei macht. Auf dem Teppichboden wäre das ätzend. Komm, hilf mir es ins Bad zu locken!«

5

José und Benny radelten an der Schule vorbei. Natürlich nicht Känguru Benny, sondern Josés Klassenkamerad Benny Horster, Gameboy-Benny genannt. Die beiden waren auf dem Weg zu Pelle. Dort wollten sie Fußball spielen. Pelles Mutter war zum Einkaufen in die Stadt gefahren. Da konnten sie ungestraft gegen das Garagentor schießen. Herrlich!

Aber im Moment war José das egal. Er ärgerte sich selbst. Hätte er Benny bloß nichts von dem Zettel erzählt. Und von den Polizisten. Und seinen Zweifeln an der Feuerübung. Denn Benny hatte ihn ausgelacht. So richtig fies. Wie eins von seinen Gameboymonstern.

Und dann noch sein blöder Kommentar dazu: »*Rettet Julchen.* Das hat bestimmt Rambo geschrieben. Der treibt sich neuerdings in Lummelsbach rum: kleine Mädchen beschützen, die sich in kleine Jungs verknallt haben.«

Manchmal war Benny ja echt komisch. Aber darüber konnte José nun wirklich nicht lachen. Benny konnte froh sein, dass er sein Freund war …

Am liebsten hätte José das Rad auf dem Schulhof abgestellt. Vielleicht hing ja noch irgendwo ein Zettel. Dann könnte er sich über Benny lustig machen.

Aber Benny würde bestimmt nicht mitkommen. Seinen geliebten Gameboy vor der Nase, strampelte er freihändig auf die rote Fußgängerampel zu.

Und das in dem Moment, als ein Polizeiwagen um die Ecke bog!

»Benny! Mensch! Halt!«, schrie José.

Benny bremste – immer noch freihändig – mit dem Geschick eines Kunstradfahrers, warf den Gameboy in den Gepäckkorb, packte brav den Lenker und lächelte den Polizisten fröhlich zu, die auf der anderen Seite des Fußgängerübergangs stoppten.

Aber die schienen ihn gar nicht zu sehen.

Gelb, grün, in die Pedale und aufs Gas. Die Jungen radelten weiter, das Polizeiauto schob sich über den Zebrastreifen. Langsam, als wollte es nicht beschleunigen.

»Mann, das war knapp!«, rief José Benny zu.

Doch der hörte nichts. Er hatte schon wieder den Gameboy in der Hand. Das heißt, in den Händen …

José schaute sich um. Der Polizeiwagen parkte vor der Schule, die Beamten stiegen aus. Waren das die Polizisten, die er am Morgen im Treppenhaus gesehen hatte? Nein.

»Benny! He! Die gehn auf den Schulhof! Das sind andere als heute Morgen, aber … Benny! Mensch, nun guck doch mal!!«

Benny guckte nicht. Er hatte was Besseres zu tun. Der grüne Winzling aus Wago-Land stellte gerade dem fiesen Riesen Rochus ein Bein. Per Knopfdruck. »Haha! Den schaff ich!«, jubelte er und fühlte sich als Held.

Einen Augenblick dachte José daran, sich allein in die Schule zu schleichen. Aber da bogen sie schon in den Nachtigallenweg ein und verloren das Schulgebäude aus den Augen.

Was die Polizei wohl in der Schule will?, fragte er sich. Das hat bestimmt was mit dem Julchen zu tun. Dabei ist jetzt niemand mehr in der Schule. Bloß Hausmeister Spaghetti mit seinem Känguru. Hmm … am besten, ich ruf Kathrin an. Vielleicht hat die eine Idee. O nee, lieber nicht! Wenn das rauskommt, dass ich mit ihr telefoniere …

Als er spürte, wie ihm das Blut in die Wangen schoss, trat José wie besessen in die Pedale und sauste an Benny vorbei. Wenn er zehn Minuten später außer Puste bei Pelle ankam, würde er feuerrot im Gesicht sein. Vor Anstrengung, versteht sich …

Giacomo Pomeriggio hatte die Polizisten entdeckt, als er die Balkontür schloss. Eilig sauste er treppab um sie auf dem Schulhof abzufangen.

»Sind Sie der Hausmeister?«, begrüßte ihn der erste.

»Si.«

»Wir wollen das Schwein holen«, grüßte der zweite.

»Schwein nix mehr da.«

»Nicht mehr da?«

»Nix mehr da.«

»Na, dann«, sagte der erste und wollte gehen.

Doch der zweite dachte an seine Beförderung zum Oberpolizisten und fragte diensteifrig: »Hat es jemand abgeholt?«

Giacomo Pomeriggio schüttelte den Kopf. »Nix abgeholt. Schwein futschicato, capito?«

»Bitte?«, fragte der Diensteifrige.

Der andere nickte dem Hausmeister dankbar zu und klopfte seinem Kollegen auf die Schulter. »Komm, die Sau ist abgehaun. Soll die Nachtschicht sie einfangen.«

Kaum war der Streifenwagen außer Sichtweite, schwang sich der lange Italiener auf sein Fahrrad. Zum Lummelsbacher Bahnhof waren es nur fünf Minuten.

Am Bahnhof angekommen, fütterte er den Fahrkartenautomaten mit einer Handvoll Mark-

stücke, kaufte sich – zum ersten Mal in seinem Leben – die Zeitschrift *Das Tier* und stieg in den Nahverkehrszug nach Frankfurt.

Zur selben Zeit schloss jemand das Schultor auf. Jemand ganz und gar Unverdächtiges. Vier Zentner Schweres. Herr Sack.

In fieberhafter Eile hatte er zu Hause die 783 Bände seiner Sciencefiction-Bibliothek durchgeblättert – auf der Suche nach dem Stichwort *Swinote.* 17 Mal war er fündig geworden, jedes Mal in einem Werk von Lanislaw Stem. Jetzt kannte er sich aus. Jetzt wusste er, wie man einem Swinoten mit dem nötigen Respekt begegnet. Wie man ihn anspricht ohne ihn zu erschrecken. Und wie man ihn beköstigt ohne ihm den Magen zu verderben. Zum Beispiel mit Mais.

Deshalb hatte Herr Sack einen kleinen Umweg über Bauer Friedrichs Maisfeld gemacht. Für 17 Maiskolben war Platz in den Tiefen seiner Mons-

terhosentaschen. Damit würde der Swinote eine Zeit lang auskommen. Bauer Friedrich würde nichts davon merken.

Und wenn ihn, Heribert Sack, trotzdem das Gewissen plagen sollte – mit einer Eins in Religion für Bauer Friedrichs Tochter könnte er den entstandenen Schaden wieder gutmachen …

Auf seinem Weg in den Keller legte sich Herr Sack eine Ansprache zurecht, mit der er den Außerirdischen begrüßen wollte.

Endlich stand er vor der Kellertür. Mit feuchten Händen sperrte er sie auf und – fand den Kellerraum leer. Swinotenleer.

6

In der City-Bahn nach Frankfurt nahm Giacomo Pomeriggio noch einmal den Zettel aus dem rosa Herzchen. *Havaalani …*

Und wenn das gar keine richtige Sprache war? Vielleicht bloß eine wahllose Aneinanderreihung von Buchstaben. Oder ein Geheimcode?

Verdammt, der Auftrag ist eindeutig, und dann solche Unklarheiten!, fluchte der Hausmeister in Gedanken.

Was sollte er jetzt machen? Am besten er nahm erst mal an, es sei ein richtiges Wort. Aus einer fremden Sprache.

Hmm, wie kann ich herausfinden, was es bedeutet?, grübelte er weiter. Ich kann in die Öffentliche Bücherei gehen. Oder in die Universitätsbibliothek. Und in allen möglichen und unmöglichen Wörterbüchern nachschlagen. Gut, das werde ich tun. Aber wann? 22 Uhr neun ist der Termin. Vielleicht schon heute!

Ratlos steckte er den Zettel wieder ein. Aber das Wort wurde er nicht los: *Ha-vaa-la-ni …* Vielleicht hieß es doch Hauptbahnhof! Vom Hauptbahnhof fuhren ja nicht nur Personenzüge ab. Auch Güterzüge. Außerhalb der Bahnhofshalle sah man öfters welche stehen. Und Schlachtvieh wurde bestimmt auch von Güterzügen transportiert. Also sollte er doch mal nachfragen …

So richtig dieser Vorsatz auch war, kaum hatte Giacomo Pomeriggio seine ein Meter neunundneunzig durch die Waggontür auf den Bahnsteig des Frankfurter Hauptbahnhofs bewegt, erwies sich ein Nachfragen als überflüssig.

Plötzlich hörte er jemand hinter sich rufen: »Frankfurt Havaalanina. Tren hangi yoldan Kalkiyor? Havaalanina!!!«

Havaalanina – das klang doch wie *Havaalani*!

Der lange Italiener wirbelte herum. Wer war das gewesen? Wer hatte da gerufen? Der Kerl mit dem schäbigen Pappkoffer und den schulterlangen, schwarzen Locken? Oder der dicke Blonde neben ihm? Nein, er zog einen Stadtplan aus der Manteltasche und vertiefte sich darin.

Hm … wer etwas ruft, ruft es jemandem zu. Und wartet auf eine Antwort. Oder er will sehen, wie der andere darauf reagiert. Was er tut oder was er unterlässt.

Ja, der Lockenkopf reckte den Hals. Und schaute gespannt in Giacomos Richtung. An ihm vorbei.

Das alles registrierte Giacomo Pomeriggio in Sekundenschnelle. Und in Sekundenschnelle wirbelte er wieder herum. Gerade rechtzeitig um

mitzubekommen, wie ein ebenso dunkelhaariger und lockiger, kleiner Kerl wie der Mann hinter ihm »Peron on sekiz!« brüllte.

Die Antwort!

Wieder drehte sich der Hausmeister um. Tatsächlich: Lockenkopf Nummer eins winkte Lockenkopf Nummer zwei zu, machte kehrt und boxte sich in einem Affentempo durch die Menschentraube, die sich vor der Waggontür gebildet hatte.

Giacomo Pomeriggio zögerte nicht. Er folgte dem Fremden. *Havaalanina*, das war das Stich-

wort. Wenn er Glück hatte, dann führte ihn der Mann direkt zu dem geheimnisvollen Treffpunkt.

Der lange Hausmeister hatte Mühe, sich nicht abhängen zu lassen. »*Scusi!* Verzeihung! Pardon!«, musste er immer wieder murmeln, wenn er einer Kofferkuli schiebenden Oma die Vorfahrt nahm oder ein Pärchen anrempelte, das sich gerade in inniglicher Umarmung voneinander verabschiedete. »*Scusi,* das war keine Absicht!«

Plötzlich drosselte der Fremde das Tempo und steuerte den Zuganzeiger auf Bahnhof 18 an.

Was suchte er da? Wollte er wissen, was für ein Zug um 22 Uhr neun ankam? Und warum wollte er es wissen?

Vielleicht will er mich um 22 Uhr neun hier treffen?, kombinierte Giacomo Pomeriggio. Ob ich ihn einfach anspreche? Passieren kann mir nichts, so viele Leute wie hier sind. Außerdem ist der nur 'ne halbe Portion …

Ein wenig schneller schlug das Hausmeisterherz dann doch, als er auf den Mann zuging und ihm wortlos den Schweinezettel unter die Nase hielt.

In diesem Augenblick fuhr ein Zug ein.

Der Lockenkopf wirkte gehetzt. Aber er reagierte prompt. »Havaalanina«, bestätigte er und

wies auffordernd nickend auf den Waggon, der eben mit kreischenden Bremsen neben den beiden hielt.

Giacomo Pomeriggio verstand nur Bahnhof und stotterte: »Äh … wie bitte?«

»Havaalanina. Peron on sekiz!«, rief der Fremde noch einmal und stieg in den Zug ein.

Giacomo Pomeriggios Hirn lief auf Hochtouren: *Havaalani* kann doch nicht *Zug* heißen. Züge gibt's überall. An jedem Bahnsteig einen. Aber der Kerl hat auf *diesen* Zug gezeigt! An *diesem* Bahnsteig. – *Bahnsteig!* Dass ich da nicht gleich darauf gekommen bin! – Bahnsteig heißt *Peron* – jedenfalls auf Französisch. Aber Französisch war das nicht, als er seinen Kumpel rief. Egal. *Peron* bedeutet Bahnsteig. Und *Peron on sekiz*? Keine Ahnung. – Verdammt, was mach ich bloß? Zu Hause sitzt das Schwein in der Badewanne und in anderthalb Stunden steigt Alfredo mit dem Kind aus dem Flugzeug. – *Flugzeug?* Flughafen! Giacomo, *maldetto manzo italiano*, verfluchter italienischer Ochse, bist du blind? Da steht es doch! Da auf der Anzeigentafel neben der Waggontür: *Frankfurt Airport*, Frankfurt Flughafen! Dieser Zug ist exakt die S-Bahn, mit der ich zum Flughafen fahren will …

Und der Fremde? Verflucht! Wo war der geblieben? Eingestiegen natürlich. Also, nichts wie hinterher!

Dem langen Hausmeister gelang es gerade noch, in den Wagen zu springen, bevor die Tür hinter ihm zuschlug.

Zum Flughafen war es nicht weit. Viel Zeit hatte er nicht. Eilig durchkämmte er den Zug. Vergeblich. Von dem Fremden war keine Spur mehr zu entdecken.

Seltsam … Aber vielleicht sehe ich ihn ja heute Abend schon wieder. Wenn ich ihm das Schwein …

Unsinn! Das war Zufall. Weiter nichts. Der Mann fuhr auch zum Flughafen und er hatte einen Landsmann gefragt, von welchem Bahnsteig der Zug ging. – Außerdem: Ein Schwein auf dem Flughafen! Ein Schwein im Flugzeug! Das war doch unmöglich!

Unmöglich? Wieso? Zirkusse laden ihre Elefanten in Jumbos. Selbst Delphine werden in Düsenjets transportiert. Da wär ein fliegendes Schwein doch schon fast normal …

Auf dem Flughafen hatte der Hausmeister Mühe, sich zurechtzufinden. Schuld daran war nicht nur die ständige Grübelei, mit der er Licht in das Dunkel zu bringen versuchte. Seit er das letzte Mal einen Gast aus Übersee abgeholt hatte, war

auf dem Flughafen so viel gebaut worden, dass ihm das Gelände wie ein überdimensionaler Irrgarten vorkam.

Ein bisschen Zeit hatte er noch bis zur Ankunft der Maschine seiner Gäste. Also ging er zum nächstbesten Informationsschalter und fragte die adrette Infodame mit dem unglaublichen Dauerlächeln: »Können Sie mir sagen, welche Maschine um 22 Uhr neun landet oder startet?«

»Um 22 Uhr neun?«, wiederholte die Dauerlächlerin mit der Freundlichkeit eines Automaten und tippte die Ziffern in den Computer.

Dann schaute sie lächelnd auf. »Tut mir Leid, mein Herr, um 22 Uhr neun haben wir keinen Start und keine Landung.«

»Und an einem anderen Tag? Ist da um 22 Uhr neun eine Maschine angekommen oder abgeflogen?«, wollte Giacomo noch fragen. Doch da war es bereits einem Inder gelungen, die dauerlächelnde Flughafendame mit Hilfe eines fremdländischen Wortschwalls zu hypnotisieren.

»Porco Dio!«, fluchte der Hausmeister noch – als sein Blick auf den Flugschein fiel, den der Inder der Lächlerin über den Tresen schob. 12.10. las er da. Das war das Datum von morgen.

Das Datum! Giacomo Pomeriggio schlug sich so heftig mit der flachen Hand vor die Stirn, dass der Inder erschrocken herumfuhr.

»Äh, *scusi,* pardon!«, entschuldigte er sich bei dem verdutzten Mann und lächelte nun seinerseits die Lächlerin an: »Gnädige Frau, ich hatte mich getäuscht. Zweiundzwanzig-null-neun ist keine Uhrzeit, sondern ein Datum. Der 22. 9.; also September. Könnten Sie mir sagen, welche Maschinen am 22. September hier in Frankfurt gelandet und gestartet sind?«

Das Lächeln der Dame verwandelte sich für eine Zehntelsekunde in ein Stirnrunzeln, dann antwortete sie geduldig: »Ja, also, äh ... im Prinzip schon ... nur, wir haben hier alle drei Minuten einen Start oder eine Landung. Und bis ich Ihnen die alle genannt habe ... Ich meine, hier sind ja auch noch andere Fluggäste, die es eilig haben. Sie verstehen?«

»*Si, si, certo,* ja, ja, natürlich!«, murmelte der lange Italiener zurück und zückte im Weitergehen seinen Taschenrechner.

Alle drei Minuten ein Start oder eine Landung. Wenn da auch die Nacht mitzählt, dann sind das ... Moment ... 24 mal 60 geteilt durch drei ist gleich 480 – dann sind das 480 Starts und Landungen pro Tag. Und wenn die Infolächlerin auch nur fünf Sekunden braucht um mir eine Flugbewegung zu nennen, würde das ... Augenblick ... fünf mal 480 geteilt durch 60 – würde das 40 Minuten dauern.

Tatsächlich ein bisschen lange für eine einzige Auskunft – ganz abgesehen davon, dass er mit den Namen von 480 Ziel- und Startflughäfen aus aller Welt kaum etwas anfangen könnte, und …

Maledizione, verdammt!, fluchte er. Der 22. September, das war ja schon! Das war ja schon drei Wochen her! Dann konnte es ja gar nicht der Termin sein, an dem er … an dem das Schwein … Oder war der 22. September nächsten Jahres gemeint? Das konnte er sich nicht vorstellen!

Verwirrt nahm der Hausmeister den Schweinezettel aus der Manteltasche, las die Rückseite – *Havaalani Frankfurt. 22.09.* –, drehte ihn herum, betrachtete die Vorderseite – und schlug sich ein zweites Mal klatschend vor die Stirn: Giacomo, du Rindvieh! *Das* hat doch jemand anders geschrieben! Das wirkt doch überhaupt nicht fremdländisch. Nicht einmal italienisch. Nein, das hat ein … Natürlich!

Patsch, die Stirn musste noch einmal dran glauben. Leichte Schläge erhöhen das Sehvermögen. Jedenfalls schien das bei Giacomo Pomeriggio so zu sein, denn in diesem Moment fiel sein Blick auf die riesige Anzeigetafel, die mit klappernd wechselnden Plastikplättchen die aktuellen Flugbewegungen bekannt gab.

In vier Zeilen blinkten Lämpchen: Das waren

die Starts und Landungen, die unmittelbar bevorstanden. Die Australienroute war auch dabei:

18.14 AUS MELBOURNE ÜBER
KALKUTTA UND ROM.
FLUGSTEIG 17.
VORAUSSICHTLICHE ANKUNFT
18.25.

18 Uhr 25? *Mamma mia!* Es ist ja schon Viertel nach sechs! Jetzt aber los, *avanti, avanti*! Vor lauter Schweinegrübelei habe ich doch glatt vergessen, weshalb ich hauptsächlich hier bin: wegen meiner Gäste! – Hoffentlich macht das Mädchen keine Zicken. Wenn es zu heulen anfängt, dann gute Nacht: Zwei Ausländer und ein Kind, das eigentlich nicht zu ihnen gehört – da haben wir gleich die Polizei am Hals … – *Maledizione*! Mach dich doch nicht verrückt, Giacomo! Du kennst doch Alfredo. Er spielt den guten Onkel und hat die Kleine längst um den Finger gewickelt. Zwölf Stunden sind sie jetzt schon in der Luft. Oder noch mehr! Da hatte sie Zeit genug sich an ihn zu gewöhnen.

Das Mädchen schlief tief und fest, als Alfredo es durch die Zollkontrolle trug.

Giacomo boxte dem kleinen, kräftigen Mann

in die Seite und fragte ihn auf Italienisch: »Na, alter Gauner, hast du sie betäubt?«

Alfredo nickte grinsend: »Mit fünf Tüten Gummibärchen und 17 Micky-Maus-Heften.«

»*Bene*, gut so! Dann kann uns ja nichts mehr passieren.«

7

Der Umfang eines Kreises, äh … den Umfang eines Kreises bestimmt man, äh …«, stotterte Gameboy-Benny und warf dabei Pelle einen flehenden Blick zu: Mann, nun sag mir doch endlich, wie man diesen scheiß Umfang bestimmt!

Aber Pelle bemerkte Bennys stummen Hilferuf nicht. Er war beschäftigt. Wie ein Jojo ohne Bindfaden ließ er einen Mini-Fußball-Flummi neben seinem Stuhl auf und ab tanzen.

»Äh, äh, äh«, äffte Herr Sack Benny nach, bevor er lospolterte: »Seit Wochen berechnen wir nichts anderes als Kreise. Wo bist du mit deinen Gedanken?«

»Auf der kreisförmigen Umlaufbahn um den Gameboy-Planeten«, flüsterte Mecki laut genug, dass Angela und Anna-Maria es mitbekamen.

Als die beiden loslachten und sich die Klasse neugierig die Hälse nach ihnen verrenkte, warf Kathrin José ein zusammengeknülltes Bonbonpapier zu.

Unter dem Tisch faltete er es auseinander.

Was Neues??? stand in Minidruckschrift auf der Innenseite. Mit drei Fragezeichen.

José spitzte den Bleistift und schrieb in Miniminidruckschrift *Gestern Nachmittag: Andere Polizisten!!!!* unter Kathrins Frage. Mit vier Ausrufezeichen.

Dann knüllte er das Papier wieder zusammen, tat so, als beobachtete er die Wolkenschiffe, die am Fenster vorbeisegelten, ließ die Papierkugel auf den Boden fallen und kickte sie zu Kathrin hinüber.

Noch einmal sagte Herr Sack: »Benny!« Wie eine Bitte klang das.

Doch Benny ließ sich nicht bitten. Er hatte schon wieder den Gameboy vor der Nase …

Herr Sack plumpste entnervt auf den Lehrerstuhl und zog einen Roman aus der Jackentasche. Eine Sciencefiction-Story mit dem Titel *Der Ritt auf dem Laserstrahl.*

Blöde Gören!, schimpfte er im Stillen. Was die können, kann ich schon lange. Sollen die doch Gameboy spielen und rumgackern. Ich lese und hab dabei auch meinen Spaß. Wo war ich stehen geblieben? …

Nach einigem Blättern fand der verhinderte Weltraumforscher und Astronaut Heribert Sack die Stelle, an der er in der Religionsstunde zu lesen aufgehört hatte, und schon versank er aufs Neue in den Tiefen des Universums …

In der Klasse schwatzte, schrie und kreischte

alles durcheinander. Kein Wunder, dass niemand hörte, was eine Männerstimme draußen auf dem Schulhof rief.

Bis auf Kathrin und José! Denn die verbanden etwas damit: das Rätsel der Erich-Kästner-Schule, von dem bislang niemand außer ihnen etwas wusste. – Oder?

»Julia!«, rief die Stimme auf dem Schulhof.

Julia? Klang es nicht mehr wie *Dschulia*? Mit einem *J* wie in dem englischen Namen Joe? Oder Jim?

José sah Kathrin an und Kathrin sah José an. Klarer Fall – sie mussten das Geheimnis lüften!

Unverändert die Ellenbogen auf der Tischplatte und das Dreifachkinn in die Handflächen gelagert, hing Herr Sack mit abwesendem Gesichtsausdruck über dem Lehrerpult.

Die Kinder kannten das. »Sack fliegt« nannten sie diesen Zustand, in den ihr übergewichtiger Pauker sich flüchtete, wenn ihm alles zu viel wurde und er mit seinem Fantasie-Raumschiff das Weltall durchstreifte. Jetzt könnte das Schulorchester die Trompeten von Jericho blasen, Herr Sack würde es nicht hören.

Kathrin und José zögerten nicht. Sie standen auf und liefen aus der Klasse – sollten die anderen doch denken, was sie wollten!

In einem Affentempo rasten sie treppab und – bremsten mit quietschenden Sohlen kurz vor der offen stehenden Hoftür.

Da schleppte doch tatsächlich ein kleiner, stämmiger Typ mit dunklen, gelgeglätteten Haaren und noch dunklerer Sonnenbrille ein etwa

fünfjähriges Mädchen gewaltsam über den Schulhof! Das Kind schrie und strampelte und schlug nach dem Kerl. Aber der packte nur noch fester zu und eilte – begleitet von derben italienischen Flüchen – noch schneller auf den Nebeneingang zu, der zur Hausmeisterwohnung führte.

»Das Julchen!«, flüsterte Kathrin und klammerte sich unwillkürlich an Josés Arm.

»Die Mafia!«, flüsterte José und fasste unwillkürlich Kathrins Hand.

Als der vermeintliche Mafiagangster die Tür hinter sich geschlossen hatte, merkten die beiden, wie sie dastanden, und wurden um die Wette rot. José ließ Kathrins Hand los und Kathrin zog ihren Arm weg.

»Und jetzt?«, fragte José – im Hinblick auf die Mafia, versteht sich.

Kathrin wurde noch röter. Und jetzt? …

»Was machen wir?«, hakte José nach.

»Machen?«, echote Kathrin.

»Na ja, wenn die das Julchen ist, dann müssen wir … dann müssen wir sie retten!«

Retten, natürlich – was sonst?!

»Und wie?«, fragte Kathrin.

»Wie? – Das … das frag ich ja gerade dich«, erwiderte José verwirrt.

Und als er so vor ihr stand und sie anschaute und nicht wusste, wie und was und wieso, da stellte sich Kathrin auf die Zehenspitzen und gab ihm einen Kuss.

Mitten auf die Lippen. Einen kurzen Kuss. Nicht wie im Fernsehen. Aber einen Kuss.

Darauf drehte sie sich um und sauste zurück zur Treppe.

José war derart überrascht, dass er zehn Sekunden brauchte um hinter ihr herzustürzen. Aber so schnell, wie er dann treppauf stürmte, schaffte Herr Sack es nicht in seinen kühnsten Träumen …

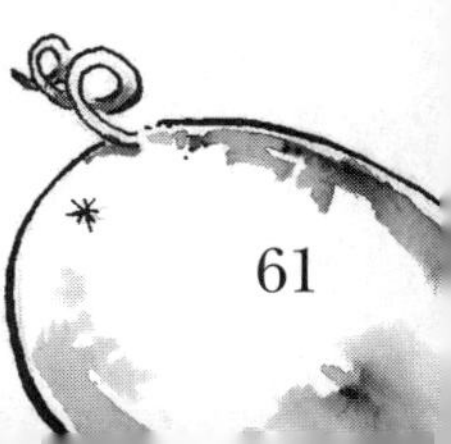

8

Natürlich war der Typ mit den dunklen Haaren und der noch dunkleren Sonnenbrille Alfredo. Und die Julia, deren Name sich *Dschulia* aussprach und *Giulia* schrieb, ließ sich zweifelsfrei als das Mädchen identifizieren, das er gestern schlafend durch die Zollkontrolle des Frankfurter Flughafens getragen hatte.

Nur nicht von Kathrin und José, denn die waren nicht dabei gewesen.

In der Küche der Hausmeisterwohnung drosch Alfredo mit einem wütenden Redeschwall aus italienischen und englischen Wörtern auf Giulia ein. Ob Giulia ihn verstand, war aus ihrem Verhalten nicht zu schließen. Mit trotziger Miene hockte sie da und heulte Rotz und Wasser.

Im Zimmer nebenan nahm Giacomo Pomeriggio den Telefonhörer ab und wählte eine elfstellige Nummer.

»Frankfurt Flughafen – Auskunft«, meldete sich eine Frauenstimme.

»Mein Name ist Bugiardo«, log der Hausmeister mit einem knarrenden und doch vertrauenswürdig wirkenden Bass. »Ich bin der Zweite Sekretär der italienischen Botschaft. Heute Morgen ist ein Kollege erkrankt und ich vertrete ihn. Nun finde ich zwischen seinen Akten einen Zettel mit der Aufschrift *S. am 22.09. vom Flughafen Frankfurt abholen.* Ich befürchte, der Kollege hat da etwas versäumt, was eventuell von großer Wichtigkeit gewesen sein könnte.«

»Ja, aber wie soll ich Ihnen da helfen?«, wollte die Frau am anderen Ende der Leitung wissen. Auf diese Frage hatte Giacomo Pomeriggio alias Signore Bugiardo gewartet. »Ich vermute«, antwortete er ohne Zögern, »es handelt sich um einen Sonderflug. Sonst hätte der Kollege doch bestimmt die Ankunftszeit notiert.«

Dass der Hausmeister sich nach den Sonderflügen erkundigte, hatte seinen Grund. Schließlich dauerte die Aufzählung aller regelmäßigen Linien- und Charterflüge 40 Minuten. Die Flughafenlady zu einer solchen Mammutauskunft zu bewegen, dürfte nicht so leicht sein. Und vielleicht hatte er ja Glück …

Dass es aber unlogisch war, wie er seine Frage begründete, wusste Giacomo: Natürlich hätte sich sein angeblicher Kollege auch die Ankunftszeit eines Linienflugs aufgeschrieben. Er entschied sich trotzdem für diese Begründung, weil er davon ausging, dass die Flughafendame den vermeintlichen Denkfehler nicht bemerken würde. Schließlich, sagte er sich, ist das logische Den-

ken weltweit ungefähr so verbreitet wie der Heuschnupfen bei Ringelnatter … Also bluffte er und – hatte Erfolg damit.

»Ja, natürlich, verstehe«, kam es prompt aus dem Hörer. »Einen Augenblick bitte.«

Nach einer Pausenmusik, die ein Roboter auf den Zinken eines eisernen Rechens zu zupfen schien, meldete sich am anderen Ende der Leitung ein Mann. Hausmeister Pomeriggio wiederholte seinen Spruch und brachte sein telefonisches Gegenüber dazu, im Computer nachzuschauen, ob am 22.9. eine Maschine außerhalb des Flugplans in Frankfurt gelandet sei.

»Hören Sie?«, meldete sich die Telefonstimme nach einer knappen Minute, in der Giacomo sich an Tippgeräuschen und dem Ping einer Computer-Fehleingabe erfreute. »Am 22.9. habe ich drei ankommende Sonderflüge im Rechner: um 10 Uhr 17 eine Maschine aus Reykjavík – wenn ich mich nicht irre, war das die isländische Ministerpräsidentin. Um 17 Uhr 40 eine zusätzliche Maschine der Bundespost – das ist ja wohl nicht das, was Sie suchen. Und … Moment … ein Klipper aus Budapest. Ankunft 18 Uhr 13. Wenn ich mich recht erinnere, waren das Asylbewerber aus einem der Kriegsgebiete auf dem Balkan. Aber da kann ich mich auch täuschen. Ja, das war's. Ich hoffe, das hilft Ihnen weiter.«

»Ganz bestimmt. Herzlichen Dank im Namen des Botschafters!«, strahlte der Hausmeister und knallte den Hörer auf den Apparat.

Er hatte da eine Idee … – das musste er Alfredo erzählen.

»Alfredo! Wo steckst du?«, rief er auf Italienisch. »Komm mal her!«

Der Sonnenbrillentyp war immer noch wütend. »Was brüllst du denn so? Ist was passiert?«

»Vielleicht … Ich habe auf dem Flugplatz angerufen. Wegen dieses Schweinezettels, den ich dir gezeigt hab. Jetzt haben wir die Wahl: Reykjavík, Budapest oder Bundespost.«

»Buuundeßpooßt? Wo liegt das?«

Giacomo klopfte seinem Gast mitleidsvoll spöttisch auf die Schulter. »Nirgendwo, mein Alter. Die Bundespost ist *la posta,* die Post.«

»Also ein Postflugzeug?«

»*Si.* – Und mit der Maschine aus Reykjavík kam die isländische Ministerpräsidentin zu einem offiziellen Besuch nach Deutschland.«

»Das Schwein ist ihr Gastgeschenk! Für euren Präsidenten.«

»Dann schon eher für den Kanzler!«

»*Si!* Eine Sau für den Kanzler! Ein lebendiger Festtagsbraten!«

»Ja … warum nicht? Passen würde es … – Aber ich tippe trotzdem auf Budapest«, sagte der Haus-

meister. »Denn da war irgendwas. Mit Asylanten, meine ich. Hier in Lummelsbach. Im August oder September stand ein Bericht darüber im *Lummelsbacher Blättchen* ... Vielleicht habe ich die Ausgabe noch. Ja, bestimmt beim Altpapier!«

»Du sammelst altes Papier?«, fragte Alfredo und es klang ganz so, als zweifle er an Giacomos Verstand.

Giacomo zuckte die Achseln. »Das ist hier normal. Alle Deutschen sammeln Papier. Papier und Bierflaschen.«

Er nahm die oberen 30 Lummelsbacher Nachrichten vom Zeitungsstapel, der neben der Stechpalme zur Zimmerdecke emporwuchs, und blätterte die Seiten durch.

»Asylbewerber, Asylbewerber, Asylbewerber – verdammt, ich bin doch nicht blöd! ... Na bitte! Da haben wir's ja. Schau her, das Foto! *Bürgermeister Schniedel begrüßt die kurdischen Asylbewerber, die über Budapest nach Lummelsbach gekommen sind*«, übersetzte er für Alfredo ins Italienische. Dann überflog er den dazugehörigen Artikel ...

»Aha, eine gewisse Frau Eipferd von der Lummelsbacher Friedensgruppe hat sich für die Kurden eingesetzt. Sonst wären sie immer noch in der Türkei und müssten befürchten ins Gefängnis geworfen zu werden. Nur weil sie mehr Rechte für ihr Volk fordern. Schlimm so was. –

LUMMELSBACHER NACHRICHTEN

Aber … äh … Ja! Hier steht, was ich suche: *Die fünf Familien, welche die Gemeinde Lummelsbach aufnehmen wird, finden vorerst in dem ehemaligen Aussiedlerhof am Beuneberg Unterkunft.* – Na, wer sagt's denn: Der Aussiedlerhof am Beuneberg … Das ist so ein heruntergekommenes Gebäude an der alten Landstraße nach Krumbach. In unmittelbarer Nachbarschaft von Bauer Rohmann. Natürlich! Bauer Rohmann! Der hatte sich doch dagegen zu wehren versucht, dass die Asylanten … Und dieser Bauer Rohmann züchtet Schweine! Schweine, Alfredo, Schwei-ne!!!!! Das ist es! – Spätestens in einer Stunde bin ich wieder hier. Ciao!«

Rums! Die Wohnungstür flog ins Schloss. Und Hausmeister Pomeriggio schoss wie eine Giraffe im Fünfzig-Meter-Sprint über den Schulhof, hechtete auf sein Rad und strampelte hinaus auf die Straße.

Dass ihm zwei Fahrräder folgten, bemerkte er nicht. Und auch der uralte Opel, der in sicherem Abstand hinter den Rädern herschlich, entging seiner Aufmerksamkeit …

9

José hielt weniger nach dem vor ihm herstrampelnden Giacomo Pomeriggio Ausschau als nach heimlichen Spähern, die er hinter den Gardinen der Fenster vermutete, an denen er – mit Kathrin – vorbeiradelte. Wenn einer der Klassenkameraden mitbekam, wie sie Seite an Seite ins Feld fuhren … na, dann gute Nacht! Der Spott, mit dem sie ihn am nächsten Morgen überschütten würden, hallte schon jetzt in seinen Ohren. Dass Kathrin ihn angerufen hatte und nicht umgekehrt, das interessierte ja keinen …

José atmete erst auf, als sie das letzte Einfamilienhaus hinter sich gelassen hatten: kein Haus, kein Späher und auf der Landstraße nach Krumbach verirrte sich sowieso kein Schwein …

Herr Sack war sich da nicht so sicher, wenn auch in seinen Befürchtungen das Wort »Schwein« nicht vorkam. Alle paar Sekunden linste er in den Rückspiegel seines steinalten Opel Kapitäns. Folgte ihm auch wirklich niemand? Denn, wer weiß, vielleicht war der Geheimdienst dem Swinoten bereits auf der Spur und hatte die Polizei angewiesen allen Spuren nachzugehen, die im Zusammenhang mit dem vermeintlich ent-

laufenen Schwein standen. Denn die Polizei – schnell ein Blick in den Rückspiegel – die Polizei hatte Herr Sack gestern Nachmittag angerufen, nachdem er den Swinoten vergeblich im Schulkeller gesucht hatte.

Als Herbert Knack hatte er sich ausgegeben, Fahrer eines Viehtransporters auf der Durchreise. Ein Schwein sei ihm gestohlen worden. Ob es vielleicht auf der Wache abgegeben worden sei?

»Abgegeben nicht«, hatte der Beamte geantwortet. »Aber in der Schule in Lummelsbach ist ein Schwein aufgetaucht.«

»Und? Wo ist es jetzt? Wo kann ich es abholen?«, hatte Herbert Knack alias Heribert Sack mit zittriger Stimme gefragt, woraufhin der Wachtmeister scheinbar bedauernd geantwortet hatte: »Tut mir Leid, das Tier ist schon wieder verschwunden.«

»Verschwunden? Aber wie das? Wenn es doch schon in der Schule war. Ich meine: Haben Sie vielleicht eine Ahnung, äh … einen Verdacht, wohin es verschwunden sein könnte?«

»Tut mit Leid, darüber ist mir nichts bekannt.«

»Und äh … wer … wer hat es zuletzt gesehen?«, hatte sich Heribert Sack an einen letzten Strohhalm geklammert.

»Der Hausmeister«, war die Antwort gewesen und Herr Sack hatte aufgelegt. Schweißgebadet.

Der Hausmeister! Dieser Pomeriggio! Der war ihm schon vom ersten Tag an verdächtig vorgekommen. Mit dem stimmte doch was nicht! Schon allein die Länge: zwei Meter und Italiener! Vielleicht war ihm der Swinote entwischt. Das war zu hoffen. Aber vielleicht war er ihm auch nicht entwischt! Vielleicht hatte dieser undurchschaubare Riese ... Ja, was hatte er? Was hatte er? Dem war doch alles zuzutrauen. Den musste er im Auge behalten!

Herr Sack trat auf die Bremse. José und Kathrin waren von den Rädern gesprungen und versteckten sich jetzt in einem Gebüsch. Irgendetwas schienen sie durch die Zweige zu beobachten. Irgendeine Untat dieses ... dieses Känguruquälers, ein-, zweihundert Meter von Herrn Sack entfernt. Wenn er das doch nur mit eigenen Augen sehen könnte! Aber er traute sich nicht mit dem Wagen an den Kindern vorbeizufahren. Sie würden ihn sofort erkennen.

Herr Sack fasste sich ans Herz, das ihm einen gehörigen Stich versetzte. Das war alles zu viel für ihn. Schließlich stand er schon kurz vor der Pensionierung. Dass die Gören überhaupt den Hausmeister verfolgten! Die wussten doch gar nichts von dem Swinoten. Seltsam. Ausgesprochen seltsam ... Also, was tun? Abwarten. Sich in Geduld üben. Was blieb Heribert Sack anderes übrig?

Mist! Wütend drehte er den Zündschlüssel herum und der greise Opelmotor erstarb mit einem müden Bocksprung. Abwarten. Warten, warten, warten, während dieser angebliche Italiener … ja, was machte er dort nur, hinter dem Wäldchen, das Herrn Sack die Sicht versperrte und an dessen Rand Kathrin und José auf der Lauer lagen? Was *könnte* er dort machen?

Herr Sack war seit Jahren nicht mehr hier gewesen. Schließlich wohnte er im Nachbarort. Und verreisen tat er nur in den Geschichten, die er las. Vor zwei Jahren hatte er sich mal mit dem Wagen auf den Beuneberg verirrt …

Heribert Sack bemühte sich die dazugehörigen Bilder aus den Gehirnschubladen seiner Erinnerungskartei hervorzukramen. Ein Bauernhof war dahinter. Ein riesiger Hof mit – Schweinemast.

Mein Gott! Das Herz des Swinotenfreundes Sack setzte für zwei Schläge aus. Dort wurden Schweine gemästet um als Schlachtvieh verkauft zu werden. Und dieser italienische Gangster hatte den Swinoten dorthin verkauft! Oder er hielt ihn an einem geheimen Ort versteckt und jetzt wollte er ihn verkaufen.

Das konnte, das durfte Herr Sack nicht zulassen! Auch wenn die Kinder ihn erkennen würden, unter diesen Umständen war ihm das egal. Und schon griff er zum Zündschlüssel und – sah, wie Kathrin und José, die Büsche und Bäume am Waldrand als Deckung nutzend, sich ebenfalls in Richtung Schweinemastanstalt in Bewegung setzten.

Da ist was passiert!, dachte Herr Sack. Die Kinder haben es gesehen! Mein Gott, hoffentlich komme ich nicht zu spät …

José und Kathrin huschten von einem Gestrüpp zum nächsten. Sie hatten gesehen, wie der Hausmeister auf den ehemaligen Aussiedlerhof geradelt war, der an Bauer Rohmanns Schweinezucht grenzte. Eine Schar von 20 Kindern war auf ihn zugestürmt und hatte ihn umringt. Er hatte etwas aus der Tasche gezogen und den Jungen und Mädchen gezeigt.

In diesem Moment hatte José einen schrecklichen Verdacht geäußert: »Die Mafia verkauft auch Kinder. Als Sklaven. Nach Arabien und so. Das habe ich im Fernsehen gesehen.«

»Los, komm!«, hatte Kathrin daraufhin gesagt. Weiter nichts.

Dann waren sie losgeschlichen.

Und dann – fuhr Herr Sack an ihnen vorbei!

»Der Sack!«, José ließ den Mund offen stehen. »Der macht da auch mit bei der Mafia.«

»Los doch, komm!«, zischte Kathrin noch einmal und die beiden rannten gebückt auf den ehe-

maligen Aussiedlerhof zu, der im September zu einem Asylantenheim umgebaut worden war.

Hinter einer flachen Zementmauer, die einmal als Einfassung der Güllegrube gedient hatte, lag Herr Sack flach auf dem Boden – jedenfalls soweit sein Bauch das zuließ.

José und Kathrin hockten nur acht Meter von ihm entfernt hinter einem der Blumenkübel, die den Platz vor dem Hauptgebäude des Heims begrenzten. Alle drei bekamen sie mit, was der Hausmeister sagte, was er tat.

10

Nachdem die zwanzig Kinder offensichtlich nicht begriffen, was Giacomo Pomeriggio von ihnen wollte, hatte er sie gefragt: »Spricht denn keiner von euch Deutsch? Deutsch, versteht ihr? Deuheutsch!«

Niemand hatte sich daraufhin gemeldet, aber einige der Größeren sahen einen Jungen an, der neben ihnen stand und sich durch sein Äußeres deutlich von ihnen unterschied: Er hatte dunkelblonde statt schwarze Haare.

Der Hausmeister ging langsam auf den Jungen zu. Und der Junge wich, Schritt für Schritt, vor ihm zurück.

Gleichzeitig machte sich eine spürbare Unruhe im Kreis der kurdischen Kinder breit. Sie rückten ängstlich zusammen und sahen sich immer wieder um, zum Asylantenheim.

»Kennst du mich?«, fragte der Italiener den Jungen?

Der Junge schwieg.

»Weißt du, warum ich hier bin?«

»Wieso?«

»Deshalb bin ich hier!«, Giacomo Pomeriggio zog den Schweinezettel aus der Tasche und zeigte ihn dem Jungen.

»Und? Was habe ich damit zu tun?«

»Ich kenne dich aus der Schule. Du bist doch Deutscher.«

»Ist das verboten?«

»Nein, verboten nicht. Aber dass du hier bist, als einziger Deutscher unter kurdischen Asylbewerbern, das ist zumindest auffällig. Hier …«, wieder griff der Hausmeister in seine Jackentasche.

Diesmal holte er ein leeres Blatt und einen Bleistift hervor und hielt sie dem Jungen hin. »Hier, schreib mal was!«

»Was schreiben? Sie spinnen wohl?«

»Ich glaube kaum. Es geht nur um einen Schriftvergleich. Na komm, ein Wort reicht mir. Schreib doch mal *Julchen*!«

»Pfff!«, machte der Junge, bevor er sich umdrehte und betont langsam vom Hof schlenderte.

Giacomo Pomeriggio wollte ihn eben zurückpfeifen, da blieb er von selbst stehen. Und zwar in dem Augenblick, als sich zweihundert Meter entfernt, auf dem Stoppelfeld, das das Asylantenheim von Bauer Rohmanns Hof trennte, ein Traktor näherte.

Der Junge drehte sich um und war mit drei Sätzen bei der alten Eiche mitten auf dem Platz. Und zwar hinter dem Stamm – vom Traktor aus gesehen.

Giacomo Pomeriggios Gehirn lief auf Hochtouren. Der Junge hat Angst, sagte er sich. Er versteckt sich vor dem Mann auf dem Traktor. Das muss der Bauer sein. Der Junge ist kein Kurde. Er gehört nicht zu den Asylbewerbern. Er gehört zu dem Bauernhof nebenan. Der Mann auf dem Traktor ist sein Vater. Und sein Vater soll ihn hier nicht sehen.

Der Hausmeister war sich im Klaren darüber, dass das nur Vermutungen waren. Aber sein Gefühl sagte ihm: Nimm ruhig an, es stimmt – und nutzte die Gelegenheit!

»Na, dann frag ich eben deinen Vater«, sagte er deshalb und tat so, als wollte er dem Traktor entgegen gehen.

Der Junge reagierte wie aus der Pistole geschossen: »Nein!« Und leise fügte er hinzu: »Bitte nicht.«

Langsam ging Giacomo Pomeriggio zu ihm zurück und zeigte ihm zum zweiten Mal den Schweinezettel. Aber nicht die Seite, auf der *Havaalani Frankfurt* stand. Sondern die andere:

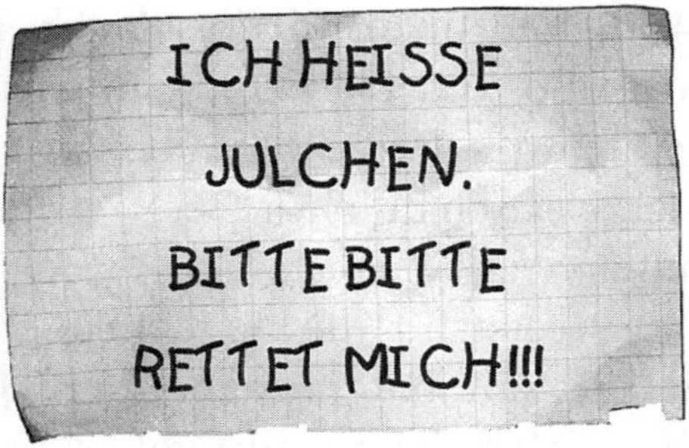

»Das hast du geschrieben, stimmt's?«

Der Junge nickte. Und er weinte. Stumm, aber unübersehbar.

Die kurdischen Kinder verstanden nicht, worum es ging. Was wollte der lange Kerl von dem deutschen Jungen? Ebenso wie ihre Eltern, die jetzt nach und nach aus dem Haus traten, beobachteten sie gespannt und ängstlich die Szene.

Der Fremde beugte sich zu dem weinenden Jungen hinab, legte ihm die Hand auf die Schulter und sagte: »Und du hast auch das Schwein in die Schule gebracht.«

»Ja, aber …«

Der Junge sah zu Boden und sprach nicht weiter.

»Aber?«

Keine Antwort.

Muss ich ihm doch wieder Angst machen, dachte Giacomo und blickte scheinbar ungeduldig zum Vater des Jungen hinüber, der jetzt irgendein landwirtschaftliches Gerät an den Traktor kuppelte. »Was aber?«

Der Junge verstand die angebliche Drohung und sagte: »Erkan hat mir geholfen. Ich meine, … ich … ich hab's für ihn getan. Er hat mir den Zettel gegeben und … na ja …«

Dann warf er einem der kurdischen Jungen einen Blick zu, als wollte er ihm zurufen: Ich konnte nicht anders. Ich musste dich verraten.

Erkan stellte sich demonstrativ neben seinen deutschen Freund – auch wenn ihm dabei die Knie zitterten.

Doch das Lächeln, mit dem der geheimnisvolle Riese ihn begrüßte, beruhigte ihn ein wenig. Der Mann war nicht böse, das spürte er.

Giacomo Pomeriggio blinzelte den beiden zu. »Also, das mit dem Julchen, das find ich gut.«

Der Bauernsohn glotzte den Hausmeister an, als hätte er ihm hunderttausend Mark angeboten.

»Ja, wirklich, super find ich das. Nur eins versteh ich nicht. Ich meine, … ist Julchen denn ein besonderes Schwein?«

Ein wenig trotzig, aber auch irgendwie erleichtert antwortete der deutsche Junge: »Als ich klein war, hatte ich ein Schwein, das hieß Julchen.«

»Das ist aber nicht dieses Julchen, oder? Dieses ist höchstens ein halbes Jahr alt.«

»Ja.«

»Und warum hast du es Julchen genannt?«

»Mein Julchen wollte ich damals auch retten.«

»Und heute will Erkan das Schwein … das heutige Julchen retten?«

»Ja.«

»Hm, verstehe. Aber … äh … warum?«

»Wo er herkommt, schlachten sie keine Schweine. So hab ich ihn jedenfalls verstanden. Da essen sie Schafe. Und Ziegen. Und er findet Schweine süß.«

Giacomo Pomeriggio nickte zufrieden. »Ich glaube, jetzt begreife ich: Erkan hat mitbekommen, dass wieder mal Schweine zum Schlachthof gebracht werden sollen, und da haben ihm die Tiere Leid getan und er hat dich gefragt, ob ihr das nicht verhindern könnt.«

»Ja.«

»Und da hast du ihm gesagt, das ginge nicht. Aber dann ist dir dein Julchen eingefallen und du hast ihm gesagt, *ein* Schwein könntet ihr vielleicht retten.«

»Ja.«

»Aber … Warum hast du es ausgerechnet in die Schule gebracht? Und dann noch ins Lehrerzimmer?«

»Das wollte Erkan so. Wir haben's zusammen hingebracht. Ich hab nicht alles gecheckt, was er sagen wollte, aber ich glaub, er meint, in der Schule sind viele Kinder und Kinder mögen Tiere. Außerdem …« Jetzt flog ein Lächeln über das Gesicht des Jungen. »Außerdem fand ich die Idee super. Ich meine, einfach so. Ein Schwein im Lehrerzimmer – irgendwie passt das.«

»Da hast du nicht ganz Unrecht«, erwiderte Giacomo Pomeriggio. »Nur … ein *besoffenes* Schwein, der Vergleich ist doch ein bisschen zu arg.«

»Besoffen? Wieso?«

»Na ja, wie es so in Frau Nothnagels Sessel hing. Und dass es im Musiksaal eingeschlafen ist … Irgendwie wirkte es betrunken. Oder betäubt.«

Der Junge wurde rot. Als schämte er sich.

»Habt ihr es betäubt? Für den Transport vielleicht?«

Der Junge nickte. »Es wollte nicht auf den Fahrradanhänger. Da hab ich ihm von dem Beruhigungsmittel gegeben, das die Schweine immer ins Futter kriegen, bevor der Viehtransporter kommt.«

Giacomo klopfte dem Jungen verständnisvoll auf die Schulter. »Ist doch in Ordnung. Es hat ihm ja nicht geschadet.«

Aus den Augenwinkeln sah er, wie der Bauer auf den Traktor stieg und Kurs auf das Asylantenheim nahm. »Ich glaube, dein Vater hat es nicht so gern, wenn du mit den kurdischen Kindern spielst, was?«

Der Junge nickte erschrocken und spähte am Baumstamm vorbei aufs Feld.

Giacomo Pomeriggio lächelte ihm anerkennend zu. »Toll, dass du's trotzdem machst!« Dann griff er ihm unvermittelt unter die Achsel, hob ihn mit einem unterdrückten »Uahhhh« gut drei Meter in die Höhe und setzte ihn auf den untersten Ast der alten Eiche. »Da wird dein Vater dich nicht suchen. Wenn du Zeit hast, dann schau mal am Wochenende mit den kurdischen Kindern in der Schule vorbei. Wegen Julchen. – Übrigens: Weiß dein Vater, dass das Schwein verschwunden ist?«

»Nein, das merkt er erst am Montag, wenn die Tiere für den Schlachthof verladen werden. Wir haben ja fast fünfhundert Stück.«

»Gut so. Also, bis dann! Und steig noch ein Stückchen höher!«

Giacomo Pomeriggio winkte dem staunenden Jungen zu, gab den Umstehenden ein Zei-

chen: Los, ab ins Haus!, schwang sich aufs Rad und – kam vier Sekunden später mit einer meterlangen Bremsspur eine Handbreit vor Herrn Sacks gewaltigem Hinterteil zum Stehen.

»*Porco Dio*! Herrrr Sack! Spielen Sie Verkehrsberuhigung auf dem Lande? Straßenhubbel für Fahrradraser? – Oderrrr …« Jetzt bekam seine Stimme einen unüberhörbar drohenden Unterton. »Oder spionieren Sie mir nach?«

Herr Sack wälzte sich auf den Rücken und versuchte sich aufzurichten. »Nein, das heißt, ja, ich …«

»Das Spionieren wird Ihnen nichts nützen, Sie Schweinefresser!«, fuhr der Hausmeister den fülligen Lehrer an. »Julchen wird gerettet, da werden auch Sie nichts dran ändern!«

Dann riss er seinen Drahtesel zurück, schwang sich auf den Sattel wie Django, der wilde Wildschweinrächer, und wollte eben mit aller Wut der Welt in die Pedale treten, da winselte der dicke Pauker unter ihm beinahe flehentlich: »Aber das will ich ja auch!«

Giacomo Pomeriggio stutzte. »Was wollen Sie?«

»Den … die … das Schwein retten!«, stammelte Heribert Sack und kämpfte sich auf die Hinterbeine.

Nach allem, was er von Herrn Sack wusste, konnte der Hausmeister nicht glauben, was der Lehrer sagte. Aber *wie* er es sagte, das überzeugte ihn.

Giacomo Pomeriggio schaute sich um. Der Platz vor dem Asylantenheim war menschenleer. Fast menschenleer. Denn eben hatte der Bauer seinen Traktor neben den Blumenkübeln auf der anderen Seite des Hofs geparkt und steuerte zu Fuß auf den Hausmeister und Heribert Sack zu.

»Kommen Sie!«, sagte der lange Italiener kurz entschlossen zu Herrn Sack und wies dabei einladend auf seinen Gepäckträger.

»Sie meinen …?«, fragte der dicke Lehrer zweifelnd.

»*Si, si, presto, presto!* Die Rad ist von meine Urgroßvater mütterlicherseits. Achtzig Jahre alt. Garantiert italienische Handarbeit! Die hält was aus. Los, los, aufsitzen, Herrrr Sack!«

»Halt! Warten Sie!«, rief der Bauer.

Doch da hatte Herr Sack schon seine vier Zentner auf den ächzenden Gepäckträger gewuchtet.

»Festhalten!«, brüllte der Hausmeister und stieß sich von der Zementmauer ab.

Herr Sack krallte die Hände in Giacomo Pomeriggios Gürtel und betete zu allen Göttern des

Universums: Beschützet den Swinotenretter vor dem Fahrradtod!

Der Bauer hinter ihnen ballte die Faust und rief: »Na wartet, ihr Aufwiegler! Wir sprechen uns noch!«

»Ja, am Montag!«, brüllte der Hausmeister zurück – und hätte beinahe Kathrin und José überfahren, die wie aus dem Erdboden gewachsen vor ihm standen.

»Wir machen auch mit!«, rief Kathrin.

»Das Schwein retten!«, rief José.

Und schon rannten sie rechts und links neben dem Fahrrad her, das über den Feldweg Richtung Lummelsbach schlingerte.

Wie war das noch? Mafia und Sklavenhandel? Unfug. Wer denkt denn so was?!

11

Als Giacomo Pomeriggio nach dreihundert Metern sicher war, dass der Bauer ihnen nicht folgte, stieg er vom Rad und die vier Schweineretter gingen gemeinsam zu Herrn Sacks Wagen.

Kathrin hatte die ganze Zeit überlegt, ob sie den Hausmeister nach all dem fragen sollte, was ihr noch unklar war.

Endlich fasste sie sich ein Herz. »Äh … Herr Pomeriggio?«

»Sag ruhig Giacomo zu mir – nach dem Abenteuer sind wir ja schon fast Blutsbrüder.«

»Bruder und Schwester!«, verbesserte Kathrin ihn lachend. »Also, Giacomo, was mir nicht klar ist: Dieses Mädchen, das bei Ihnen – bei dir in der Wohnung ist, die … die heißt doch auch Giulia, oder?«

»*Sì.* Warum fragst du?«

»Na ja, jetzt kann ich's ja sagen. Hier!« Sie zog den Zettel, der auf dem Plakat geklebt hatte, aus der Jeanstasche und reichte ihn dem Italiener.

»Sieh da, sieh da! Fast so wie meiner!«

Und nun zeigte er den staunenden Kindern seinen Schweinezettel.

»Tatsache, beinah dasselbe«, stellte Kathrin fest und drehte das Blatt um.

»*Havalaani* ... was ist das denn? Hat das was mit dem Schwein zu tun?«

»Nein, aber es hat mich auf die richtige Spur geführt.«

»Hierher, zum Asylantenheim?«

»*Si.*«

»Wie das?«

»Tja, erst einmal war ich auf dem Bahnhof ...«

Gespannt lauschten die Kinder und Herr Sack dem Bericht des Hausmeisters.

Als er geendet hatte, saßen sie alle vier im Museumsauto des schwergewichtigen Lehrers – bei abgestelltem Motor und immer noch auf dem Beuneberg.

»Nun, alles klar?«, fragte Giacomo lächelnd.

José schüttelte den Kopf. »Nee, nicht ganz. Ich versteh nicht, wieso diese Havadingsbums ...«

»Havalaani.«

»Ja – wieso das überhaupt auf dem Zettel steht?«

»Das können wir jetzt natürlich den deutschen Jungen fragen. Aber ich stelle es mir so vor: Die beiden, der kurdische Junge und sein deutscher Freund, hatten es wahrscheinlich eilig – das erkennt man auch an dem Satz vom Julchen, der ist ziemlich hingekritzelt. Und weil sie in Eile

waren, haben sie den erstbesten Zettel genommen, den sie fanden. Der kurdische Junge – wie heißt er noch?«

»Erkan.«

»Erkan hat ihn wahrscheinlich noch in der Tasche gehabt. Noch vor dem Abflug aus Budapest. Denn irgendjemand hat ja das Flugziel und den Reisetag darauf notiert: Havaalani, Flughafen, Frankfurt. 22.09. Wie gesagt: Die eigentliche Botschaft stand auf der Rückseite des Zettels und die hatte genau genommen nichts mit der Vorderseite zu tun.«

José nickte anerkennend: »Da muss man erst mal drauf kommen.«

»Na ja, hat lange genug gedauert. – So, alle Klarheiten beseitigt?«

»Nein, äh … eins noch: Wie kamen Sie …«

»Du! Ich heiße Giacomo.«

»Okay. Wie kamst du darauf, dass der deutsche Junge das mit dem Julchen geschrieben hat?«

»Das habe ich nur vermutet. Weil er der einzige Deutsche unter all den kurdischen Kindern war. Dass ein Kind die Zeilen geschrieben hatte, und zwar ein deutsches Kind, das ist mir allerdings schon auf dem Flughafen klar geworden, nachdem mich die Dame mit dem Dauerlächeln abgewimmelt hatte. Als ich nämlich den Zettel umdrehte, fiel mir auf, dass den Text mit dem Julchen jemand anders geschrieben hatte als die Havaalani-Notiz. Das waren *deutsche* Druckbuchstaben. Ich meine lateinische Druckbuchstaben, wie man sie in Deutschland schreibt. Und sie waren von einem Kind geschrieben. Plötzlich konnte ich das sehen. Vielleicht kennt ihr das: Man guckt zehn Mal auf dieselbe Sache und erst beim elften Mal erkennt man sie.«

»Ja, das geht mir auch manchmal so«, bestätigte José, während Kathrin nur ein müdes »Mm« zustande brachte – als wäre sie mit etwas anderem beschäftigt …

»Na, Kathrin, was grübelst du noch?«, fragte Giacomo prompt.

»Die … die Giulia …«, druckste Kathrin rum.

»Frag nur! Vorhin sind wir da irgendwie vom Thema abgekommen.«

»Ja … also … ich meine … wir haben … ich meine, José und ich, wir haben … – Mann, José, nun sag du's doch!«

»Ja … also … wir haben … wir haben gesehen, wie dieser … dieser Mann die Giulia … also, wie er sie ins Haus geschleppt hat.«

»Ins Haus geschleppt? Wann?«

»Heute in der …«

»In der Mathestunde«, flüsterte Kathrin dem

Hausmeister zu – schließlich war Herr Sack auch noch da.

»Ach so!«, sagte Giacomo voller Ernst, obwohl er sich im Stillen schlapplachte. »Das habt ihr mitgekriegt. Tja, dann führ ich euch das misshandelte Kind am besten mal vor.«

»Vorführen? … Misshandelt? … Wieso?«, stotterten die beiden um die Wette.

»Nehmen Sie Kathrin und José mit, Herr Sack? Dann können Sie sich auch ein Bild von dem armen Mädchen machen.«

»Ja, ja, äh … natürlich!«, stammelte nun auch Herr Sack und wurde plötzlich abwechselnd rot und käseweiß. »Aber … äh … ich habe da auch noch eine Frage …«

»Nur zu!«

»Der Swi … ich meine, das Schwein. Wissen Sie, wo es ist?«

Giacomo war gerührt von der Anteilnahme, die in den Worten des Lehrers mitschwang. Und weil er allzu viel Rührung nicht ertrug, antwortete er aufgedreht wie ein Radiosprecher: »Unser Julchen? Die Sau, die wir vorm Schlachter retten und wie eine königliche Hoheit beschützen wollen? Kurzum *Principessa Julchen*, Prinzessin aller Schweine – meinen Sie die?«

Herr Sack nickte.

»Kommen Sie mit auf mein Schloss, Herrrr

Sack! Machen Sie Ihrer Hoheit Ihre Aufwartung!«

Es lässt sich schwer sagen, wer mehr gespannt war, Kathrin und José oder Heribert Sack, als sie vor der Schule auf den Hausmeister warteten. Endlich kam er ums Eck geradelt.

»So, dann wollen wir mal!«

In der Küche redete ein Mann auf jemanden ein. Das hörten sie sofort, als sie hinter dem langen Italiener in den Flur der Hausmeisterwohnung traten.

»Alfredo? Ich bin's!«, rief Giacomo auf Italienisch. »Ich bringe Besuch mit!«

Der Sonnenbrillentyp erschien in der Küchentür. Er wirkte verdammt genervt, als er Herrn Sack die Hand hinstreckte.

»Mein Bruder – Herr Sack«, stellte der Hausmeister die Männer einander vor. »Und das hier sind Kathrin und José.«

»Dein Bruder?«, staunten die beiden wie aus einem Munde.

»Kaum zu glauben, *incredibile,* nicht wahr? Er so klein und ich so groß. Er lebt in Australien, ich in Deutschland. Aber Brüder sind wir trotzdem, was Alfredo?«

Alfredo nickte, obwohl er kein Wort verstand. Dann verzog er unvermittelt das Gesicht, als plag-

ten ihn höllische Zahnschmerzen, und wies mit dem Daumen hinter sich. »Sie ist immer noch beleidigt.«

»Wegen heute Vormittag?«

»*Si*, wegen heute Vormittag.«

Giacomo ging wortlos in die Küche und die anderen folgten ihm. Aber nur bis zur Tür. Dort blieben sie stehen und sahen ihm zu, wie er Giulia auf den Arm nahm und zärtlich auf den Küchenschrank hob. So war sie mit ihm auf gleicher Höhe.

»Weglaufen willst du?«, schimpfte er liebevoll. Bei aller Liebe – das Mädchen musste erst mal Dampf ablassen.

»Ich will gar nicht weglaufen!«, schrie sie. »Ich will spazieren gehen! Aber bei dir darf ich ja gar nichts! Ich will nach Hause! Nach Australien! Zu Mama und Papa!«

Und dann heulte sie los, wütend und tief traurig zugleich.

Giacomo wischte ihr die Tränen von den Wangen.

»Giulia, Kindchen, versteh doch Alfredo! Alfredo ist ein guter Kerl. Glaub mir – er ist mein Bruder. Alfredo hat deinen Eltern versprochen dich heil zur Oma zu bringen.«

»Aber ich will nicht zur Oma!«, hielt die Kleine schluchzend dagegen.

»Giulia! Du hast deine Oma noch nie gesehen. Und deine Oma hat dich noch nie gesehen. Was meinst du, wie sie sich freut!«

»Ist mir doch egal!«

»Und dann Italien! *Bella Italia!* Die Olivenhaine! Das Meer! Der Wein!«

»Ich trink keinen Wein!«

»Ja … natürlich … Der Traubensaft wollte ich sagen.«

»Traubensaft gibt es auch zu Hause.«

»Ich weiß ja, du lebst in Melbourne. In Australien. Dort bist du geboren. Aber deine Oma … Du siehst ihr sogar ähnlich. Ich hab's auf dem Foto gesehen, das Alfredo mir gezeigt hat. Dasselbe Grübchen! Und dasselbe Näschen!«

Nun musste Giulia doch lachen, als der lange Giacomo ihr mit dem Finger auf die Nasenspitze tippte. Aber geschlagen gab sie sich nicht.

»Ich will aber spazieren gehen!«, wiederholte sie sich – wenn auch nicht ganz so trotzig wie vorhin.

Giacomo nickte verständnisvoll und schüttelte gleich darauf den Kopf. »Du kennst dich doch nicht aus in Lummelsbach. Du könntest dich verlaufen. Und wen willst du nach dem Weg fragen? Die Menschen hier sprechen Deutsch. Eine fremde Sprache. Fast so schwierig wie Chinesisch. Kein Wort verstehst du davon. Nein, *bella Giulia*, bleib bei uns, bis wir gemeinsam einen Rundgang machen.«

Irgendwie hatte Kathrin mitbekommen, worum es ging.

»Will sie raus?«, fragte sie den Hausmeister.

»Ja, ich hatte bisher noch keine Zeit für einen Spaziergang.«

»Wir gehen mit ihr!«

»Ich … ich muss nach Hause!«, sagte José

schnell. Das wär ja nun das Hinterletzte: Er mit Kathrin und einem Kindergartenkind auf Bummeltour durch Lummelsbach!

»Dann geh ich eben allein mit ihr!«

Gesagt, getan. Während José wie bestellt und nicht abgeholt im Türrahmen stehen blieb, lief Kathrin zum Küchenschrank und streckte dem Mädchen beide Hände entgegen: »Komm, Giulia!«

Giacomo hob die italienische Australierin vom Schrank und erklärte ihr, dass Kathrin mit ihr spazieren gehen wollte. Aber das brauchte er gar nicht. Sie hatte schon verstanden. Und ehe er ausgeredet hatte, waren die beiden bereits im Treppenhaus.

»Ähäm«, räusperte sich Herr Sack. Denn er hatte einen Laut gehört, der sein Herz höher schlagen ließ: einen Laut in der Swinotensprache.

Giacomo Pomeriggio ahnte zwar nicht, welche Gedanken und Gefühle den Lehrer mit dem Schwein verbanden, aber er spürte doch, dass es ihn zu dem Borstentier hinzog.

»Kommen Sie, Herr Sack«, sagte er und ging zum Badezimmer voraus.

Und während der heimliche Swinotenschützer überglücklich seinen vermeintlichen Außerirdischen mit den Augen verschlang, bastelte Giacomo Pomeriggio weiter an seinem Plan, in den er den Lehrer in der nächsten Stunde einzuweihen gedachte …

12

Was am Tag darauf in der Schule los war, das hatte es noch nie gegeben: Der seit ewigen Zeiten ungenutzte und entsprechend verwahrloste Schulgarten hatte sich in eine Baustelle verwandelt. Das heißt, Giacomo Pomeriggio hatte ihn in eine Baustelle verwandelt. Giacomo Pomeriggio und seine 58 Helfer, die mit Spaten, Schaufeln, Hacken, Hämmern, Zangen, Bohrern und Schraubenziehern ausgerüstet, durch die Landschaft wuselten, Latten, Bretter und Dachpapprollen über den Schulhof schleppten, eine Riesenmulde aushoben, einen Fachwerkbau im Höhlenstil errichteten, einen Jägerzaun um ein Geviert von 30 mal 30 Metern zogen – und das alles für ein Schwein: Ihre Hoheit, *Principessa* Julchen von und zu Lummelsbach.

Der Hausmeister hatte niemand um Erlaubnis gefragt. Ausländerfeind Rohmann nicht und nicht Rektorin Nothnagel. Aber bei der Feier am Montagvormittag würden sie dabei sein – dabei sein müssen! …

Doch halt! Alles der Reihe nach.

Nachdem Giacomo Pomeriggio am Freitag zusammen mit Herrn Sack, Kathrin, José, Alfredo

und Giulia eine Lagebesprechung in der Hausmeisterwohnung abgehalten hatte, hatten Kathrin und José alle ihre Freundinnen und Freunde, Klassenkameradinnen und Klassenkameraden angerufen und gefragt, ob sie am Wochenende schon was vorhätten. Wer noch nichts geplant hatte und auch nicht mit seinen Eltern Tante Gerda besuchen oder das Wohnzimmer tapezieren musste, den luden sie »im Namen Giacomos« zur *Großen Schweinotop-Bau-Fete* aufs Schulgelände ein.

38 als Maurerinnen oder Gärtner verkleidete Mädchen und Jungen folgten im Laufe des Samstagvormittag dieser Einladung und nahmen die Anweisungen des langen Italieners entgegen.

Zum ersten Mal sahen sie ihren neuen Hausmeister mit anderen Augen: »Der Typ ist voll in Ordnung! Er hat das Schwein gerettet! Wir sind die erste Schule der Welt, die ein Biotop für ein Schwein kriegt. Voll geil!«

Kurz vor Mittag kamen noch acht kurdische Kinder und der Sohn von Bauer Rohmann dazu und Alfredo entschloss sich die Weiterreise nach Italien um einen Tag zu verschieben.

Giacomo Pomeriggio hatte den Bauplan im Kopf, das heißt, während des Schaufelns, Hämmerns und Sägens *entstand* der Bauplan in seinem Kopf – was Herrn Sack Gelegenheit gab, hin und wieder Konstruktionsvorschläge anzubringen, die er sich unter der Überschrift *Besonderheiten des swinotischen Wohnens* auf einem Spickzettel notiert hatte.

Um 18 Uhr schickte Giacomo Pomeriggio die protestierenden Kinder nach Hause. Sie hatten hervorragend gearbeitet und wären gern noch länger geblieben, doch er wollte keinen Ärger mit den Eltern bekommen.

Am Sonntag ging es dann noch einmal zur Sache und bereits am frühen Nachmittag war das Werk vollbracht.

Alle sahen nun gespannt dem Montagmorgen entgegen, denn sie wussten, Hausmeister Spaghetti hatte im Laufe der letzten 48 Stunden ein paar wichtige Telefongespräche geführt …

Montagmorgen: Ein von Herrn Sack eigenhändig gemaltes, mit Swinotenschwänzchen und -pfötchen verziertes Schild leitete am Schultor Lehrerinnen und Schüler in den Schulgarten um:

Doch auch wer das Schild nicht las, konnte nicht übersehen, dass an diesem Montagmorgen etwas Außerordentliches in der Erich-Kästner-Schule vor sich ging.

Auf dem Schulhof parkte ein Übertragungswagen des regionalen Fernsehsenders. An jeder Ecke lauerte eine Rundfunkreporterin oder ein Zeitungsschreiber auf Interviewpartner. Und das um Viertel vor acht!

Denn um fünf vor acht würde Frau Nothnagel den Ort des Geschehens betreten – vollkommen ahnungslos und mit Sicherheit total schockiert. Giacomo Pomeriggio hatte eine »Meldekette« aufgestellt: Von der Straße bis zum Rednerpult vor dem Schweinotop stand alle zehn Meter eine Schülerin oder ein Schüler um in Windeseile das Erscheinen der gestrengen Schulleiterin an ihn durchgeben zu können.

Und dann kam sie. Und stutzte. Und klappte den Mund auf. Und ließ ihn offen stehen. Und kniff sich in den Arm um sicherzugehen, dass sie nicht träumte. Und steuerte dennoch wie eine Schlafwandlerin auf den Schulgarten zu – nur einen Satz im Kopf: Das darf doch nicht wahr sein! O doch, Frau Nothnagel!

»Sehr geehrte Gäste von Rundfunk, Presse und Fernsehen! Hochverehrte Frau Rektorin Isabella Nothnagel! Liebe Schülerinnen und Schüler!

Liebe Tier- und Schweinefreunde!«, sprach Giacomo Pomeriggio feierlich und in fehlerfreiem Deutsch ins Mikrofon, das Alfredo kurz zuvor installiert hatte. »Ich begrüße Sie aufs Herzlichste zu unserer kleinen Feierstunde. Zahlreiche Schulen haben in den vergangenen Jahren auf ihrem Gelände ein Biotop errichtet um Kröten, Frösche und Unken, Blindschleichen und Ringelnattern sowie einer Vielzahl von seltenen Wasserpflanzen die Möglichkeit zu ungestörtem Wachsen und Gedeihen zu gewähren. Jedoch keine Schule der Welt hat es bis heute einem Schwein ermöglicht …«

»Wo ist das Schwein?!«, donnerte die Stimme von Bauer Rohmann über die Feierstätte, nachdem er mit seinem Jeep um ein Haar den Jägerzaun gerammt hätte.

Giacomo Pomeriggio brachte das nicht aus der Fassung. Unbeirrt trompetete er durch die Verstärkeranlage: »Ein Applaus für den bekannten Schweinezüchter und Tierfreund Bauer Rohmann! Mit seiner großzügigen Schweinespende hat er den Bau des ersten und einzigen Biotops für ein Schwein ermöglicht, des *Schweinotops der Erich-Kästner-Schule in Lummelsbach.* Bauer Rohmann lebe …«

»Hoch! Hoch! Hoch!«, schallte es aus hundert Kehlen bis weit über den Schulgarten hinaus und

der Gefeierte wusste nicht, wie ihm geschah, als sich die Fensehkamera auf ihn richtete und das Blitzgewitter der Zeitungsreporter ihn blendete.

Siegessicher setzte Giacomo Pomeriggio seine Rede fort: »Ebenso gilt unser Dank unserer geliebten Schulleiterin Frau Isabella Nothnagel. Ihr Einfallsreichtum, ihre Experimentierfreude, ihre pädagogische Weitsicht waren es, die den Schülerinnen und Schülern den Anstoß und den Rückhalt gaben, den Bau des *Schweinotops* in Angriff zu nehmen und zu vollenden. Unsere Frau Nothnagel, sie lebe …«

»Hoch! Hoch! Hoch!«, brüllte die Festgemeinde noch einmal, so dass der überrumpelten Rektorin nichts anderes übrig blieb, als in die laufenden und blitzenden Kameras zu lächeln und den Applaus der Kinder und Kollegen in stiller Dankbarkeit engegenzunehmen.

»Und jetzt noch ein Erinnerungsfoto!«, rief Giacomo Pomeriggio. »Bitte, Frau Nothnagel, Herr Rohmann!«

Mit einer einladenden Geste hielt er der Rektorin und dem Schweinezüchter die Pforte zum Schweinotop auf und die beiden traten unter dem Applaus der Gäste vor den höhlenartigen, grasbüschelbepflanzten Fachwerk-Latten-Bau, der dem glücklichen Schwein als Komfort-Öko-Stall dienen sollte.

»Komm, *Principessa*!«, rief der Hausmeister und Julchen trabte tatsächlich zu ihm hin. »So ist's brav! Und jetzt bedank dich bei den Herrschaften. Nun, wie spricht das Schwein?«

Die Blitzlichter blitzten auf und der Tonassistent schoss mit einem Mikro in der Hand auf Julchen zu um die Lautäußerung des ersten Schweinotop-Schweins der Welt für das Vorabendprogramm aufzuzeichnen.

Noch war die arme *Principessa* aber den Medienrummel nicht gewohnt und so ließ sie, gestresst, wie sie war, tierisch Wasser ab.

Der Kameramann war so frei das feuchte Ereignis mit dem Telezoom einzufangen, während die Kinder klatschten und »Bravo!!!« schrien und sich vor Lachen nicht einkriegten.

Nur die vornehme Julia aus der 6b lachte nicht mit. »Ich finde es unheimlich toll von Frau Nothnagel, so ein Schweinotop einzurichten«, sagte sie von oben herab zu Kathrin und blähte dabei die Nüstern wie ihr Pony. »Der Hausmeister wäre bestimmt nie auf die Idee gekommen.«

»Wie bitte? Du tickst wohl nicht richtig!«, explodierte Kathrin und schrie, dass es alle hören konnten, der Ponygans ins Ohr: *»Kommissar Spaghetti lebe hoch! Hoch! Hoch!«*

Fast alle Kinder stimmten in die Hochrufe ein,

auch wenn die wenigsten wussten, was sie bedeuteten.

Am lautesten aber feierte ein nicht unbekannter, vier Zentner schwerer Mathe-, Deutsch-, Religions- und Sportlehrer den zum Kommissar ernannten Hausmeister – hatte er es doch geschafft, den Außerirdischen zu retten und eine heimliche Swinoten-Forschungsstation zu errichten!

Turbulente Geschichten von Uwe Timm

Band 70285 Ab 10

Alles begann damit, dass Zuppi bei einer Tombola den Hauptpreis gewann: ein Ferkel. Rudi Rüssel verändert den Familienalltag gründlich. Aber der Hausbesitzer Buselmeier hat keinen Sinn für diese Art Haustiere. So zieht die Familie an den Rand eines großen Fußballfeldes. Hier kann der Vater, ein arbeitsloser Ägyptologe, Platzwart werden und Rudi in Ruhe Schwein sein. Doch dann entdeckt Rudi seine wahre Größe als Rennschwein …

Band 70347 Ab 10

Ein Vogel, der brüllt wie ein Tiger und flucht wie ein waschechter Matrose? Das kann nur der Beo Padde sein, den es von Indien nach Hamburg verschlagen hat. Wenn Padde loslegt, ist im Zoogeschäft von Herrn Schulte, im Tierpark Hagenbeck oder beim Tierstimmenimitator Kluge die Hölle los. Aber so lustig das Verwirrspiel auch ist, Padde braucht ein Zuhause! Da trifft er auf ein kleines Mädchen …

dtv junior

Umwelt- und Naturschutz

Band 70083 Ab 9

Band 70166 Ab 10

Seit Generationen leben die Bewohner der portugiesischen Insel Madeira vom Walfang und auch der zwölfjähre Manuel möchte einmal Walfänger werden. Doch als er eines Tages in Seenot gerät und von Delphinen zur Küste zurückgetragen wird, beginnt er die Riesen der Meere mit ganz anderen Augen zu sehen ...

Band 70217 Ab 10

dtv junior